語司書坊

作家文摘 **语之可** 第三辑（07-09）

顾 问（以姓氏笔画为序）

冯骥才 孙 郁 苏叔阳 张抗抗 张 炜

梁 衡 梁晓声 韩少功 熊召政

主 编 张亚丽 　　　　**副主编** 唐 兰

编 辑 姬小琴 裴 岚 之 语

设 计 于文妍 之 可

语之可 09

Proper words

嗟漫载当日风流

作家出版社

目 录

汤老先生和老夫人在旧东单市场森隆大饭店请了两桌至亲好友，宣布我们结婚。毕竟汤一介是汤家长子啊！汤老先生和我的婆母要我们参加这个婚宴，但我认为这不是无产阶级家庭的做法，结婚后第一要抵制的就是这种旧风俗习惯。我和汤一介商量后，决定两个人都不去。这种行为现在看来确实很过分，一定很伤了两个老人的心。但汤老先生还是完全不动声色，连一句责备的话也没有。

冯牧和京剧"四大名旦"的程砚秋关系很不一般，有说在冯牧投奔延安之前，程是收过他为弟子的，程去世前，冯牧虽然供职于文学界，也还是常去与程探讨京剧表演艺术的。

王安忆　**蝉蜕——忆顾城**　　　

在北岛终于安顿下来的香港的家中，壁上有一幅字，写的是"鱼乐"两个字。北岛让我猜是谁的字，我猜不出，他说：顾城！想不到那软软的小身子，永远不愿长大的小身子，能写下力透纸背、金石般的笔画，一点不像他，可就是他。人们都将他想得过于纤细，近乎孱弱，事实却未必。他蜕下的那个蝉衣，也许还是一重甲，透明的表面底下，质地是坚硬的，坚硬到可以粉碎肉身。

韦　泱　**沈寂与张爱玲的交往**　　　

作为座谈会主角的张爱玲，这天涂着口红，穿着橙黄色的绸底上装，戴着淡黄色的玳瑁眼镜，脸上始终露着微笑，可见这天她的心情之好。主持人话音一落，她便从座椅上欠了欠身，声音低低地说："欢迎批评，请不客气地赐教。"接着大家自由发言，几乎是一片赞扬声。

1974 年，中美关系刚刚解冻，他立刻托人前来看望老母，我们依然一片惊慌。虽然安排母亲与来人单独见了面，却不肯在带来的录音机里留下半句母亲的祝福——海外赤子这一点微小的心愿也不敢给予满足！但我们依然赞扬母亲的明智，却根本没有想过，这会给三哥带来怎样的感受——在我们的心中，早已没有了三哥的位置。

八十年代初，北京的冬天。大街上的人都是臃肿的"蓝蚂蚁"，郁风阿姨却从来不，她常穿一袭黑色羊绒长大衣，中式的立领和中式的大盘扣，却是西式的裁剪，很别致，当年独一无二的设计。记得那个冬天，当我看见郁风阿姨从北京一片灰秃秃的胡同里走进我们家的时候，眼前一亮：气派，太帅了！

杜聿明在工作中对父亲的帮助也很大。一次，管理人员要他们给大伙缝制一批内裤。父亲觉得反正是给战犯们穿的，缝制时比较马虎。杜聿明发现后对父亲说，成功靠的就是"认真"二字。他劝我父亲一定要改掉马马虎虎的毛病，而且他自己身体力行，在剪裁时，先用尺子认真仔细地量，再用旧报纸剪成纸样，然后才动手剪裁布料。一旦发现父亲缝制的衣物不合格，他就坚持让他返工。

回忆陈寅恪先生

季羡林

有关领导，据说就是陈毅和陶铸，命人在先生楼前草地上铺成了一条白色的路，路旁全是绿草，碧绿与雪白相映照，供先生散步之用。从这一件小事中，也可以看到我们国家对陈师尊敬之真诚了。陈师是极富于感情的人，他对此能无所感吗？

　　别人奇怪，我自己也奇怪：我写了这样多的回忆师友的文章，独独遗漏了陈寅恪先生。这究竟是为什么呢？对我来说，这是事出有因，查亦有据的。我一直到今天还经常读陈先生的文章，而且协助出版社出先生的全集。我当然会时时想到寅恪先生的。我是一个颇为喜欢舞笔弄墨的人，想写一篇回忆文章，自是意中事。但是，我对先生的回忆，我认为是异常珍贵的，超乎寻常地神圣的。我希望自己的文章不要玷污了这一点神圣性，故而迟迟不敢下笔。到了今天，北大出版社要出版我的《怀旧集》，已经到了非写不行的时候了。

　　要论我同寅恪先生的关系，应该从六十五年前的清华大学算起。我于1930年考入国立清华大学，入西洋文学系（不知道从什么时候起改名为外国语文系）。西洋文学系有一套完整的教学计划，必修课规定得有条有理，完完整整；但是给选修课留下的时间是很充裕的。除了选修课以外，还可以旁听或者偷听。教师不以为忤，学生各得其乐。我曾旁听过朱自清、俞平伯、郑振铎等先生的课，都安然无恙，而且因此同郑振铎先生建立了终生的友谊。但也并不是一切都一帆风顺。我同一群学生去旁听冰心先生的课。她当时极年轻，而名满天下。我们是慕名而去的。冰心先生满脸庄严，不苟言笑，看到课堂上挤满了这样多学生，知道其中有"诈"，于是威仪俨然地下了"逐客令"："凡非选修此课者，下一堂不许再来！"我们悚然而听，憬然而退，从此不敢再进她讲课的教室。四十多年以后，我同冰心重逢，她已经变成了一个慈祥和蔼的老人，由怒目金刚一变而为慈眉菩萨。我向她谈起她当年"逐客"的事情，她已经完全忘记，我们相视而笑，有会于心。

就在这个时候，我旁听了寅恪先生的"佛经翻译文学"。参考书用的是《六祖坛经》，我曾到城里一个大庙里去买过此书。寅恪师讲课，同他写文章一样，先把必要的材料写在黑板上，然后再根据材料进行解释，考证，分析，综合，对地名和人名更是特别注意。他的分析细入毫发，如剥蕉叶，愈剥愈细愈剥愈深，然而一本实事求是的精神，不武断，不夸大，不歪曲，不断章取义。他仿佛引导我们走在山阴道上，盘旋曲折，山重水复，柳暗花明，最终豁然开朗，把我们引上阳关大道。读他的文章，听他的课，简直是一种享受，无法比拟的享受。在中外众多学者中，能给我这种享受的，国外只有亨利希·吕德斯，在国内只有陈师一人。他被海内外学人公推为考证大师，是完全应该的。这种学风，同后来滋害流毒的"以论代史"的学风，相差不可以道里计。然而，茫茫士林，难得解人，一些鼓其如簧之舌惑学人的所谓"学者"，骄纵跋扈，不禁令人浩叹矣。寅恪师这种学风，影响了我的一生。后来到德国，读了吕德斯教授的书，并且受到了他的嫡传弟子瓦尔德施米特教授的教导和熏陶，可谓三生有幸。可惜自己的学殖瘠茫，又限于天赋，虽还不能论无所收获，然而犹如细流比沧海，空怀仰止之心，徒增效颦之恨。这只怪我自己，怪不得别人。

总之，我在清华四年，读完了西洋文学系所有的必修课程，得到了个学士头衔。现在回想起来，说一句不客气的话：我从这些课程中收获不大。欧洲著名的作家，什么莎士比亚、歌德、塞万提斯、莫里哀、但丁等等的著作都读过，连现在忽然时髦起来的《尤利西斯》和《追忆似水年华》等等也都读过，然而大都是浮光掠影，并不深入，给我留下深远影响的课反而是一门旁听课和一门选修课。前者就是在上面谈到的寅恪师的"佛经翻译文学"；后者是朱光潜先生的"文艺心理学"，也就是美学。关于后者，我在别的地方已经谈过，这里就不再赘述了。

在清华时，除了上课以外，同陈师的接触并不太多。我没到他家去过一次。有时候，在校内林荫道上，在熙来攘往的学生人流中，有时会见到陈师去上课。身着长袍，朴素无华，肘下夹着一个布包，里面装满了讲课时用的书籍和资料。不认识他的人，恐怕大都把他看成是琉璃厂某一个书店的到清华来送书的老板，绝不会知道，他就是名扬海内外的大学者。他同当时清华留洋归来的大多数西装革履、发光鉴人的教授，迥乎不同。在这一方面，他也给我留下了毕生难忘的印象，令我受益无穷。

　　离开了水木清华，我同寅恪先生有一个长期的别离。我在济南教了一年国文，就到了德国哥廷根大学。到了这里，我才开始学习梵文、巴利文和吐火罗文。在我一生治学的道路上，这是一个极关重要的转折点。我从此告别了歌德和莎士比亚，同释迦牟尼和弥勒佛打起交道来。不用说，这个转变来自寅恪先生的影响。真是无巧不成书，我的德国老师瓦尔德施米特教授同寅恪先生在柏林大学是同学，同为吕德斯教授的学生。这样一来，我的中德两位老师同出一个老师的门下。有人说："名师出高徒。"我的老师和太老师们不可谓不"名"矣，可我这个徒却太不"高"了。忝列门墙，言之汗颜。但不管怎样说，这总算是一个中德学坛上的佳话吧。

　　我在哥廷根十年，正值"二战"，是我一生精神上最痛苦然而在学术上收获却是最丰富的十年。国家为外寇侵入，家人数年无消息，上有飞机轰炸，下无食品果腹，然而读书却无任何干扰。教授和学生多被征从军。偌大的两个研究所：印度学研究所和汉学研究所，都归我一个人掌管。插架数万册珍贵图书，任我翻阅。在汉学研究所深深的院落里，高大阴沉的书库中，在梵学研究所古老的研究室中，阒无一人。天上飞机的嗡嗡声与我腹中的饥肠辘辘声相应和。闭目则浮想联翩，神驰万里，看到我的国，看到我的家；张目则梵典在前，有许多疑难问题，需要我来发复。我此时恍如遗世独立，苦欤？乐欤？我自己也回答不上来了。

经过了轰炸的炼狱，又经过了饥饿，到了1945年，在我来到哥廷根十年之后，我终于盼来了光明，东西法西斯垮台了。美国兵先攻占哥廷根，后来英国人来接管。此时，我得知寅恪先生在英国医目疾，我连忙写了一封长信，向他汇报我十年来学习的情况，并将自己在哥廷根科学院院刊及其他刊物上发表的一些论文寄呈。出乎我意料地迅速，我得了先生的复信，也是一封长信，告诉我他的近况，并说不久将回国。信中最重要的事情是说，他想向北大校长胡适，代校长傅斯年，文学院长汤用彤几位先生介绍我到北大任教。我真是喜出望外，谁听到能到最高学府任教而会不引以为荣呢？我于是立即回信，表示同意和感谢。

这一年深秋，我终于告别了住了整整十年的哥廷根，怀着"客树回望成故乡"的心情，一步三回首地到了瑞士。在这个山明水秀的世界公园里住了几个月。1946年春天，经过法国和越南的西贡，又经过香港，回到了上海。在克家的榻榻米上住了一段时间。从上海到了南京，又睡到了长之的办公桌上。这时候，寅恪先生也已从英国回到了南京。我曾谒见先生于俞大维官邸中，谈了谈阔别十多年以来的详细情况。先生十分高兴，叮嘱我到鸡鸣寺下中央研究院去拜见北大代校长傅斯年先生，特别嘱咐我带上我用德文写的论文，可见先生对我爱护之深以及用心之细。

这一年的深秋，我从南京回到上海，乘轮船到了秦皇岛，又从秦皇岛乘火车回到了阔别十二年的北京（当时叫北平）。由于战争关系，津浦路早已不通，回北京只能走海路，从那里到北京的铁路由美国少爷兵把守，所以还能通车。到了北京以后，一片"落叶满长安"的悲凉气象。我先在沙滩红楼暂住，随即拜见了汤用彤先生。按北大当时的规定，从海外得到了博士学位回国的人，只能任副教授，在清华叫作专任讲师，经过几年的时间，才能转向正教授。我当然不能例外，而且心悦诚服，没有半点非分之想。然而过了大约一周的光景，汤先生告诉我，我已被聘为正教授，兼东方语言文学系的系主任。这真是石破天惊，大大地出我意料。我这个当一周副教授的纪录，大概也可以进入吉尼斯世界纪录了吧，说自己不高兴，那是谎言，那是矫情。由此也可以看出老一辈学者对后辈的提携和爱护。

不记得是在什么时候，寅恪师也来到北京，仍然住在清华园。我立即到清华去拜见。当时从北京城到清华是要费一些周折的，宛如一次短途旅行。沿途几十里路全是农田。秋天青纱帐起，还真有绿林人士拦路抢劫的，现在的年轻人很难想象了。但是，有寅恪先生在，我绝不会惮于这样的旅行。在三年之内，我颇到清华园去过多次。我知道先生年老体弱，最喜欢当年住北京的天主教外国神甫亲手酿造的栅栏红葡萄酒。我曾到今天市委党校所在地当年神甫们的静修院的地下室中去买过几次栅栏红葡萄酒，又长途跋涉送到清华园，送到先生手中，心里颇觉安慰。几瓶酒在现在不算什么，但是在当时通货膨胀已经达到了钞票上每天加一个零还跟不上物价飞速提高的速度的情况下，几瓶酒已经非同小可了。

有一年的春天，中山公园的藤萝开满了紫色的花朵，累累垂垂，紫气弥漫，招来了众多的游人和蜜蜂。我们一群弟子，记得有周一良、王永兴、汪篯，知道先生爱花，现在虽患目疾，迹近失明，但据先生自己说，有些东西还能影影绰绰看到一团影子。大片藤萝花的紫光，先生或还能看到，而且在那种兵荒马乱、物价飞涨、人命危浅、朝不虑夕的情况下，我们想请先生散一散心。征询先生的意见，他怡然应允。我们真是大喜过望，在来今雨轩藤萝深处，找到一个茶桌，侍先生观赏紫藤。先生显然兴致极高。我们谈笑风生，尽欢而散。我想，这也许是先生在那样的年头里最愉快的时刻。

还有一件事，也给我留下了毕生难忘的回忆。在新中国成立前夕，政府经济实已完全崩溃。从法币改为银圆券，又从银圆券改为金圆券，越改越乱，到了后来，到粮店买几斤粮食，携带的这币那券的重量有时要超过粮食本身。学术界的泰斗、德高望重、被著名的史学家郑天挺先生称之为"教授的教授"的陈寅恪先生也不能例外。到了冬天，他连买煤取暖的钱都没有。我把这情况告诉了已经回国的北大校长胡适之先生。胡先生最尊重最爱护确有成就的知识分子。当年他介绍王静安先生到清华国学研究院去任教，一时传为佳话。寅恪先生在《王观堂先生挽词》中有几句诗——"鲁连黄鹞绩溪胡，独为神州惜大儒。学院遂闻传绝业，园林差喜适幽居"，讲的就是这一件事。现在却轮到适之先生再一次"独为神州惜大儒"了，而这个"大儒"不是别人，竟是寅恪先生本人。适之先生想赠寅恪先生一笔数目颇大的美元，但是，寅恪先生却拒不接受。最后寅恪先生决定用卖掉藏书的办法来取得适之先生的美元。于是适之先生就派他自己的汽车——顺便说一句，当时北京汽车极为罕见，北大只有校长的一辆——让我到清华陈先生家装了一车关于佛教和中亚古代语言的极为珍贵的书。陈先生只收 2000 美元。这个数目在当时虽不算少，然而同书比起来，还是微不足道。在这一批书中，仅一部《圣彼得堡梵德大词典》市价就远远超过这个数目了。这一批书实际上带有捐赠的性质。而寅恪师对于金钱的一介不取的狷介性格，由此也可见一斑了。

在这三年内，我同寅恪师往来颇频繁。我写了一篇论文：《浮屠与佛》，首先读给他听，想听听他的批评意见。不意竟得到他的赞赏。他把此文介绍给《中央研究院史语所集刊》发表。这个刊物在当时是最具权威性的刊物，简直有点"一登龙门，声价十倍"的威风。我自然感到受宠若惊。差幸我的结论并没有瞎说八道，几十年以后，我又写了一篇《再谈浮屠与佛》，用大量的新材料，重申前说，颇得到学界同行们的赞许。

在我同先生来往的几年中，我们当然会谈到很多话题。谈治学时最多，政治也并非不谈，但极少。寅恪先生绝不是一个"闭门只读圣贤书"的书呆子，他继承了中国"士"的优良传统：天下兴亡，匹夫有责。从他的著作中也可以看出，他非常关心政治。他研究隋唐史，表面上似乎是满篇考证，骨子里谈的都是成败兴衰的政治问题，可惜难得解人。我们谈到当代学术，他当然会对每一个学者都有自己的看法。但是，除了对一位明史专家外，他没有对任何人说过贬低的话。对青年学人，只谈优点，一片爱护青年学者的热忱，真令人肃然起敬。就连那一位由于误会而对他专门攻击，甚至说些难听的话的学者，陈师也从来没有说过半句褒贬的话。先生的盛德由此可见。鲁迅先生从来不攻击年轻人，差堪媲美。

时光如电，人事沧桑，转眼就到了1948年年底。解放军把北京城团团包围住，胡适校长从南京派来了专机，想接几个教授到南京去，有一个名单。名单上有名的人，大多数都没有走，陈寅恪先生走了，这又成了某一些人探讨研究的题目：陈先生是否对共产党有看法？他是否对国民党留恋？根据后来出版的浦江清先生的日记，寅恪先生并不反对共产主义，他反对的仅是苏联牌的共产主义。在当时，这也许是一个怪想法，甚至是一个大逆不道的想法。然而到了今天，真相已大白于天下，难道不应该对先生的睿智表示敬佩吗？至于他对国民党的态度，最明显地表现在他对蒋介石的态度上。1940年，他在《庚辰暮春重庆夜宴归作》这一首诗中写道："食蛤那知天下事，看花愁近最高楼。"吴宓先生对此诗作注说："寅恪赴渝，出席中央研究院会议，寓俞大维妹丈宅。已而蒋公宴请中央研究院到会诸先生。寅恪于座中初次见蒋公，深觉其人不足为，有负厥职，故有此诗第六句。"按即"看花愁近最高楼"这一句。寅恪师对蒋介石，也可以说是对国民党的态度表达得不能再清楚明白了。然而，几年前，一位台湾学者偏偏寻章摘句，说寅恪先生早有意到台湾去。这真是天下的一大怪事。

到了南京以后，寅恪先生又辗转到了广州，从此留在那里没有动。他在台湾有很多亲友，动员他去台湾者，恐怕大有人在，然而他却岿然不为所动。其中详细情况，我不得而知。我们国家许多领导人，包括周恩来、陈毅、陶铸、郭沫若等等，对陈师礼敬备至。他同陶铸和老革命家兼学者的杜国庠，成了私交极深的朋友。在他晚年的诗中，不能说没有欢快之情，然而更多的却是抑郁之感。现在回想起来，他这种抑郁之感能说没有根据吗？能说不是查实有据吗？我们这一批老知识分子，到了今天，都已成了过来人。如果不昧良心说句真话，同陈师比较起来，只能说我们愚钝，我们麻木，此外还有什么话好说呢？

1951年，我奉命随中国文化代表团，访问印度和缅甸。在广州停留了相当长的时间，准备将所有的重要发言稿都译为英文。我当然不会放过这个机会的，我到岭南大学寅恪先生家中去拜谒，相见极欢，陈师母也殷勤招待。陈师此时目疾虽日益严重，仍能看到眼前的白色的东西。有关领导，据说就是陈毅和陶铸，命人在先生楼前草地上铺成了一条白色的路，路旁全是绿草，碧绿与雪白相映照，供先生散步之用。从这一件小事中，也可以看到我们国家对陈师尊敬之真诚了。陈师是极富于感情的人，他对此能无所感吗？

　　然而，世事如白云苍狗，变幻莫测。新中国成立后不久，正当众多的老知识分子兴高采烈、激情未熄的时候，华盖运便临到头上。运动一个接着一个，针对的全是知识分子。批完了《武训传》，批俞平伯，批完了俞平伯，批胡适，一路批、批、批、斗、斗、斗，最后批到了陈寅恪头上。此时，极大规模的、遍及全国的反右斗争还没有开始。老年反思，我在政治上是个蠢材，对这一系列的批和斗，我是心悦诚服的，一点没有感到其中有什么问题。我虽然没有明确地意识到，在我灵魂深处，我真认为中国老知识分子就是"原罪"的化身，批是天经地义的。但是，一旦批到了陈寅恪先生头上，我心里却感到不是味。虽然经人再三动员，我却始终没有参加到这一场闹剧式的大合唱中去。我不愿意厚着面皮，充当事后的诸葛亮，我当时的认识也是十分模糊的；但是，我毕竟没有行动。现在时过境迁，在四十年之后，想到我没有出卖我的良心，差堪自慰，能够对得起老师在天之灵了。

可是，从那以后，直到老师于1969年在空前浩劫中被折磨得离开了人世，将近二十年中，我没能再见到他。现在我的年龄已经超过了他在世的年龄五年，算是寿登耄耋了。现在我时常翻读先生的诗文。每读一次，都觉得有新的收获。我明确意识到，我还未能登他的堂奥。哲人其萎，空余著述。我却是进取有心，请益无人，因此更增加了对他的怀念。我们虽非亲属，我却时有风木之悲。这恐怕也是非常自然的吧。

我已经到了望九之年，虽然看样子离开为自己的生命画句号的时候还会有一段距离，现在还不能就作总结，但是，自己毕竟已经到了日薄西山、人命危浅之际，不想到这一点也是不可能的。我身历几个朝代，忍受过千辛万苦。现在只觉得身后的路漫长无边，眼前的路却是越来越短，已经是很有限了。我并没有倚老卖老，苟且偷安，然而我却明确地意识到，我成了一个"悲剧"人物。我的悲剧不在于我不想"不用扬鞭自奋蹄"，不想"老骥伏枥，志在千里"，而是在"老骥伏枥，志在万里"。自己现在承担的或者被迫承担的工作，头绪繁多，五花八门，纷纭复杂，有时还矛盾重重，早已远远超过了自己的负荷量，超过了自己的年龄。这里面，有外在原因，但主要是内在原因。清夜扪心自问：自己患了老来疯了吗？你眼前还有一百年的寿命吗？可是，一到了白天，一接触实际，件件事情都想推掉，但是件件事情都推不掉，真仿佛京剧中的一句话："马行在夹道内，难以回马。"此中滋味，只有自己一人能了解，实不足为外人道也。

在这样的情况下，我有时会情不自禁地回想自己的一生。自己究竟应怎样来评价自己的一生呢？我虽遭逢过大大小小的灾难，像"十年浩劫"那样中国人民空前地愚蠢到野蛮到令人无法理解的灾难，我也不幸——也可以说是有"幸"身逢其盛，几乎把一条老命搭上，然而我仍然觉得自己是幸运的，自己赶上了许多意外的机遇。我只举一个小例子。自从盘古开天地，不知从哪里吹来了一股神风，吹出了知识分子这个特殊的族类。知识分子有很多特点。在经济和物质方面是一个"穷"字，自古已然，于今为烈。在精神方面，是考试多如牛毛。在这里也是自古已然，于今为烈。例子俯拾即是，不必多论。我自己考了一辈子，自小学、中学、大学，一直到留学，月有月考，季有季考，还有什么全国通考，考得一塌糊涂。可是我自己在上百场国内外的考试中，从来没有名落孙山。你能说这不是机遇好吗？

但是，俗话说："一个篱笆三个桩，一个好汉三个帮。"如果没有人帮助，一个人会是一事无成的。我也遇到了极幸运的机遇。生平帮过我的人无虑数百。要我举出人名的话，我首先要举出的，在国外有两个人，一个是我的博士论文导师瓦尔德施米特教授，另一个是教吐火罗语的老师西克教授。在国内的有四个人：一个是冯友兰先生，如果没有他同德国签订德国清华交换研究生的话，我根本到不了德国；一个是胡适之先生，一个是汤用彤先生，如果没有他们的提携的话，我根本来不到北大；最后但不是最少，是陈寅恪先生，如果没有他的影响的话，我不会走上现在走的这一条治学的道路，也同样是来不了北大。至于他为什么不把我介绍给我的母校清华，而介绍给北大，我从来没有问过他，至今恐怕永远也是一个谜，我们不去谈它了。

我不是一个忘恩负义的人。我一向认为，感恩图报是做人的根本准则之一。但是，我对他们四位，以及许许多多帮助过我的师友怎样"报"呢？专就寅恪师而论，我只有努力学习他的著作，努力宣扬他的学术成就，努力帮助出版社把他的全集出全、出好。我深深地感激广州中山大学的校领导和历史系的领导，他们再三举办寅恪先生学术研讨会，包括国外学者在内，群贤毕至。中大还特别创办了陈寅恪纪念馆。所有这一切，我这个寅恪师的弟子都看在眼中，感在心中，感到很大的慰藉。国内外研究陈寅恪先生的学者日益增多。先生的道德文章必将日益发扬光大，这是毫无问题的。这是我在垂暮之年所能得到的最大的愉快。

然而，我仍然有我个人的思想问题和感情问题。我现在是"后已见来者"，然而却是"前不见古人"，再也不会见到寅恪先生了。我心中感到无限的空寞，这个空窦是无论如何也填充不起来了。掷笔长叹，不禁老泪纵横矣。

1995 年 12 月 1 日

三姐夫沈二哥

张充和

　　沈二哥极爱朋友，在那小小的朴素的家中，友朋往来不断，有年长的，更多的是青年人，新旧朋友，无不热情接待。时常有困穷学生和文学青年来借贷。尤其到逢年过节，即使家中所剩无多，总是尽其所有去帮助人家。没想到我爸爸自命为"吉友"，这女婿倒能接此家风。

三姐夫沈二哥

　　我家"外子"逼我写点关于沈二哥同三姐的事，他说："海外就你一个亲人与他们过去相处最久，还不写！"我呢，同他们相别三十一年，听不完，也说不完的话，哪还有工夫执笔！虽回去过一次，从早到晚，亲友不断往来，也不过只见到他们三四次，一半还是在人群中见到的。

　　如何开始呢？虽是三十一年的点滴，倒也鲜明。关于沈二哥的独白情书的故事，似乎中外都已熟悉。有的加了些善意的佐料，于人情无不合之处，既无伤大雅，又能增加读者兴趣，就不在此加注加考，做煞风景的事了。

　　1932年暑假，三姐在中国公学毕了业回苏州，同姐妹兄弟相聚，我父亲与继母那时住在上海。有一天，九如巷三号的大门堂中，站了个苍白脸戴眼镜的羞涩客人，说是由青岛来的，姓沈，来看张兆和的。家中并没一人认识他，他来以前，亦并未通知三姐。三姐当时在公园图书馆看书。他以为三姐有意不见他，正在进退无策之际，二姐允和出来了。问清了，原来是沈从文。他写了很多信给三姐，大家早都知道。于是二姐便请他到家中坐，说："三妹看书去了，不久就回来，你进来坐坐等着。"他怎么也不肯，坚持回到已定好房间的中央饭店去了。二姐从小见义勇为，更爱成人之美，至今仍然如此。等三姐回来，二姐便劝她去看沈二哥。三姐说："没有的事理，去旅馆看他？不去！"二姐又说："你去就说，我家兄弟姐妹多，很好玩，请你来玩玩。"于是三姐到了旅馆，站在房门外（据沈二哥的形容），一见到沈二哥，便照二姐的吩咐，一字不改地如小学生背书似的："沈先生，我家兄弟姐妹多，很好玩，你来玩！"背了以后，再也想不出第二句了。于是一同回到家中。

沈二哥带了一大包礼物送三姐，其中全是英译精装本的俄国小说，有托尔斯泰、陀思妥耶夫斯基、屠格涅夫等人的著作。这些英译名著，是托巴金选购的。又有一对书夹，上面有两只有趣的长嘴鸟，看来是个贵重东西。后来知道，为了买这些礼品，他卖了一本书的版权。三姐觉得礼太重了，退了大部分书，只收下《父与子》与《猎人日记》。

来我们家中怎么玩呢？一个写故事的人，无非是听他说故事。如何款待他，我不记得了，好像是五弟寰和，从他每月二元的零用钱中拿出钱来买了瓶汽水，沈二哥大为感动，当下许五弟："我写些故事给你读。"后来写了《月下小景》，每篇都附有"给张家小五"字样。

第二次来苏州，是同年寒假，穿件蓝布面子的破狐皮袍子。我们同他熟悉了些，便一刻不离地想听故事。晚饭后，大家围在炭火盆旁，他不慌不忙，随编随讲。讲怎样猎野猪，讲船只怎样在激流中下滩，形容旷野，形容树林。谈到鸟，便学各种不同的啼唤，学狼嚎，似乎更拿手。有时站起来转个圈子，手舞足蹈，像戏迷票友在台上不肯下台。可我们这群中小学生习惯是早睡觉的，我迷迷糊糊中忽然听一个男人叫："四妹、四妹！"因为我同胞中从没有一个哥哥，惊醒了一看，原来是才第二次来访的客人，心里老大地不高兴："你胆敢叫我四妹！还早呢！"这时三姐早已困极了，弟弟们亦都勉强打起精神，撑着眼听，不好意思走开。最后，三姐说："沈先生，我累了，你去吧。"真有"我醉欲眠君且去"的境界。

那时我爸爸同继母仍在上海，沈二哥同三姐去上海看他们。会见后，爸爸同他很谈得来，这次的相会，的确有被相亲的意思。在此略叙叙我爸爸。

祖父给爸爸取名"武龄"，字"绳进"。爸爸嫌这名字封建味太重，自改名"冀牖"，又名"吉友"，望名思义，的确做到自锡嘉名的程度。他接受"五四"的新思潮，他一生追求曙光，惜人才，爱朋友。他在苏州曾独资创办男校"平林中学"和"乐益女中"。后因苏州男校已多，女校尚待发展，便结束平林，专办乐益女中。贫穷人家的女孩，工人们的女儿，都不收学费。乐益学生中有几个贫寒的，后都成为社会上极有用的人。老师有的现在已成为当代有名的教育家或"党"的领导人。爸爸既是脑筋开明，对儿女教育，亦让其自由发展。儿女婚姻恋爱，他从不干涉，不过问。你告诉他，他笑嘻嘻地接受，绝不会去查问对方的如何如何，更不要说门户了。记得有一位"芳邻"曾遣媒来向爸爸求我家大姐，爸爸哈哈一笑说："儿女婚事，他们自理，与我无干。"从此便无人向我家提亲事。所以我家那些妈妈们向外人说："张家儿女婚姻让他们（自己）去（由），或是（自己）（由）来的。"

说爸爸与沈二哥谈得十分相投，亦彼此心照不宣。在此之前，沈二哥曾函请二姐允和询爸爸意见，并向三姐说："如爸爸同意，就早点让我知道，让我这乡下人喝杯甜酒吧。"二姐给他拍发一个电报，简约地用了她自己名字"允"。三姐去电报中却说："乡下人，喝杯甜酒吧。"电报员奇怪，问是什么意思，三姐不好意思地说："你甭管，照拍好了。"

于是从第一封仅一页，寥寥数语而分量极重的情书，到此时为止，算是告一大段落。

1933年初他们订婚后同去青岛。那时沈二哥在青岛大学教书、写作。暑中杨振声先生约沈二哥编中小学教科用书，与三姐又同到北平，暂寄住杨家。一天杨家大司务送沈二哥裤子去洗，发现口袋里有一张当票，即刻交给杨先生。原来当的是三姐一个纪念性的戒指。杨先生于是预支了五十元薪水给沈二哥。后来杨先生告诉我这件事，并说："人家订婚都送小姐戒指，哪有还没结婚，就当小姐的戒指之理。"

1933年9月9日，沈二哥和三姐在北平中央公园的水榭结婚，没有仪式，没有主婚人、证婚人。三姐穿件浅豆沙色普通绸旗袍，沈二哥穿件蓝色毛葛的夹袍，是大姐在上海为他们缝制的。客人大都是北方几个大学和文艺界朋友。家中除大姐元和、大弟宗和与我之外，还有晴江三叔一家。沈家有沈二哥的表弟黄村生和他的九妹岳萌。

新居在西城达子营。小院落，有一枣一槐，正屋三间，有一厢，厢房便是沈二哥的书房兼客厅。记得他们结婚前，刚把几件东西搬进房那天夜晚，我发现有小偷在院中解网篮，便大声叫："沈二哥，起来！有贼！"沈二哥亦叫："大司务！有贼！"大司务亦大声答话，虚张一阵声势。及至开门赶贼，早一阵脚步，爬树上屋走了。

后来发现沈二哥手中紧紧拿了件武器——牙刷。

新房中并无什么陈设，四壁空空，不像后来到处塞满书籍与瓷器漆器，也无一般新婚气象。只是两张床上各罩一锦锻百子图的罩单有点办喜事的气氛，是梁思成、林徽因送的。

沈二哥极爱朋友，在那小小的朴素的家中，友朋往来不断，有年长的，更多的是青年人，新旧朋友，无不热情接待。时常有困穷学生和文学青年来借贷。尤其到逢年过节，即使家中所剩无多，总是尽其所有去帮助人家。没想到我爸爸自命为"吉友"，这女婿倒能接此家风。记得一次宗和大弟进城邀我同靳以去看戏，约定在达子营集中。正好有人来告急，沈二哥便向我们说："四妹，大弟，戏莫看了，把钱借给我。等我得了稿费还你们。"我们面软，便把口袋所有的钱都掏给他。以后靳以来了，他还对靳以说："他们是学生，应要多用功读书，你年长一些，怎么带他们去看戏。"靳以被他说得眼睛一眨一眨的，不好说什么。以后我们看戏，就不再经过他家了。一回头四十多年，靳以与宗和都已先后过世了。

"七七事变"后，我们都集聚在昆明，北门街的一个临时大家庭是值得纪念的。杨振声同他的女儿杨蔚、老三杨起，沈家二哥、三姐、九小姐岳萌、小龙、小虎，刘康甫父女。我同九小姐住一间，中隔一大帷幕。杨先生俨然家长，吃饭时，团团一大桌子，他南面而坐，刘在其左，沈在其右，座位虽无人指定，却自然有个秩序。我坐在最下首，三姐在我左手边。汪和宗总管我们的伙食饭账。在我窗前有一小路通山下，下边便是靛花巷，是中央研究院史语所所在地。时而有人由灌木丛中走上来，傅斯年、李济、罗常培或来吃饭，或来聊天。院中养个大公鸡，是金岳霖寄养的，一到拉空袭警报时，别人都出城疏散，他却进城来抱他的大公鸡。

那时沈二哥除了教书、写作之外，仍还继续兼编教科用书，地点在青云街六号。杨振声领首，但他不常来。朱自清约一周来一二次。沈二哥、汪和宗与我经常在那小楼上。沈二哥是总编辑，归他选小说，朱自清选散文，我选点散曲，兼做注解，汪和宗抄写。他们都兼别的，只有汪和宗同我是整工。后来日机频来，我们疏散在呈贡县的龙街。我同三姐一家又同在杨家大院住前后楼。周末沈二哥回龙街，上课编书仍在城中。

由龙街望出去，一片平野，远接滇池，风景极美，附近多果园，野花四季不断地开放。常有农村妇女穿着褪色桃红的袄子，绲着宽黑边，拉一道窄黑条子，点映在连天的新绿秧田中，艳丽之极。农村女孩子、小媳妇，在溪边树上拴了长长的秋千索，在水上来回荡，在龙街还有查阜西一家、杨荫浏一家，呈贡城内有吴文藻、冰心一家，我们自题的名胜有"白鹭林""画眉坪""马缨桥"等。

1941年后，我去重庆。胜利后我回苏州他们回北平，四七年我们又相聚在北平，他们住中老胡同北大宿舍，我住他家甩边一间屋中。这时他家除书籍漆盒外，充满青花瓷器，又大量收集宋明旧纸。三姐觉得如此买下去，屋子将要堆满，又加战后通货膨胀，一家四口亦不充裕，劝他少买，可是他似乎无法控制，见到喜欢的便不放手。及至到手后，又怕三姐埋怨，有时劝我收买，有时他买了送我，所以我还有一些旧纸和青花瓷器，是这样来的，但也丢了不少。

在那宿舍院中，还住着朱光潜先生，他最喜欢同沈二哥外出看古董，也无伤大雅地买点小东西。到了过年，沈二哥去向朱太太说："快过年了，我想邀孟实陪我去逛逛古董铺。"意思是说给几个钱吧。而朱先生亦照样来向三姐邀从文陪他。这两位夫人一见面，便什么都清楚了。我也曾同他们去过。因为我一个人，身边总比他们多几文，沈二哥说：四妹，你应该买这个，应该买那个。我若买去，岂不是仍然落在他家中？因为我住的是他们的屋子。

沈二哥最初由于广泛地看文物字画，以后渐渐转向专门路子，在云南专收耿马漆盒，在苏州北平专收瓷器。他收集青花，远在外国人注意之前。他虽喜欢收集，却不据为己有，往往是送了人；送了，再买。后来又收集锦缎丝绸，也无处不钻，从正统《大藏经》的封面到三姐唯一的收藏宋拓集王圣教序的封面。他把一切图案颜色及其相关处印在脑子里，却不像守财者一样，守住古董不放。大批大批的文物，如漆盒旧纸，都送给博物馆，因为真正的财富是在他脑子里。

这次在大陆见面后，不谈则已，无论谈什么题目，总归根到文物考古方面去。他谈得生动、快乐，一切死的材料，经他一说便活了，便有感情了。这种触类旁通，以诗书史籍与文物互证，富于想象，又敢于想象，是得力于他写小说的结果。他说他不想再写小说，实际上他哪有工夫去写！有人说不写小说，太可惜，我认为他如不写文物考古方面的文章，那才可惜！

1980 年 12 月 5 日深夜

我的父亲梁实秋

口述：梁文蔷　笔录：李菁

　　父亲强烈的求生欲望一直支持他到心脏停止，他留下的最后五句绝笔之一是："我还需更多的氧。"父亲的手一生中写了不知几万万字，没想到，留在人间最后的字迹，竟然是这样的求生呼号。每思及此，肝肠寸断。

少年梁实秋

多少年来，我始终忘不了那一个场景：1982年夏，父亲最后一次到西雅图来探望我，有一天，父亲坐在书桌前，我斜倚在床头，夕阳从白纱窗帘中照进来，屋子里显得很安静，但也不知为什么，我总感觉又有那么一点点凄凉的味道。我当时正处于博士论文的最后阶段，心情有些烦躁。

"我发誓，我写完这篇论文，一辈子再也不写文章了！"我有些发泄性地抱怨。

"不行，你至少还得再写一篇。"父亲很平静地回答我。我有些吃惊地抬头看他，父亲并没有回应我的眼神，好像在凝视很远的一个地方，片刻，他说："题目已经给你出好了。"

"什么题目？"我有些纳闷地问。

"梁实秋。"父亲把目光从很远的地方移过来，直视着我，慢慢地说出了这三个字。

我立刻明白了父亲的意思，我一时无法控制自己的情绪，失声痛哭起来，而父亲，也没有再说一个字，只是默默地与我一起掉泪。

我明白这是父亲对我的最后期待。他并没有告诉我为什么要我写，但我明白，他是希望我这个小女儿来写一个生活中真实的父亲，不是大翻译家，不是大学者，而就是一个普通的"爸爸"。我虽不是文学家，但在父亲故去的这些年来，我努力地用各种方式了解父亲，零零散散写下了不少文字。每每回忆起来，感觉又回到了温暖的父爱中。

1903年父亲出生于北京。祖父梁咸熙是前清秀才，同文馆（清朝政府于1862年末在北京设立的用于培养外交和翻译人员的学校，是中国第一所新式学校）英文班第一班学生。1912年，北京发生兵变，梁家被洗劫，从此家道中落。祖父在警察局任职，不愁生活，以读书为乐。

梁家是一个传统的中式大家庭，父亲很小时，祖父便请来一位老先生，在家里教几个孩子，为父亲打下了很好的古文功底。很多读者都喜欢他的《雅舍小品》等作品，我想原因之一就在于他把文言和白话结合在一起，既清新雅致，又有幽幽古意，用典多而不生涩，这都应归功于早期教育赋予的他在中国古典文学上的修养。

父亲十四岁那年，祖父的一位朋友劝告他投考清华。虽然同在北京城，但在那时是一个重大的决定，因为这个学校远在郊外，而父亲是一个老式家庭中长大的孩子，从来没有独自在外闯荡过，要捆起铺盖到一个陌生的地方去住，不是一件寻常之事；况且在这个学校经过八年之后便要漂洋过海背井离乡到新大陆去求学，更是难以想象的事。所以祖母知道祖父的决定后，便急得哭起来。

但父亲很顺利地考上清华。我想清华八年对父亲一生的影响是持久而深远的。清华那时叫"清华学校"，这所留美预备学校，完全进行西式教育。在课程安排上也特别重视英文，上午的课，如英文、作文、生物、化学、政治学、社会学等一律用美国出版的教科书，一律用英语讲授——林语堂先生还曾教过父亲英文；国文、历史、修辞等都放在下午。毕业时上午的课必须要及格，而下午的成绩则根本不在考虑之列，所以大部分学生都轻视中文课程，但因为父亲一直很喜欢那些中国古典文学，所以下午的课他也从来不掉以轻心。

在清华的八年学习中，对父亲影响较大的一位应该是梁启超。那时梁思成是父亲的同班同学，梁思永、梁思忠也都在清华。毕业前一年，他们几个学生商议想请梁启超来演讲。通过梁思成这层关系，父亲他们很顺利地请来了梁启超。当天梁启超上讲台时，开场白只有两句，头一句是："启超没有什么学问——"眼睛向上一翻，又轻轻点一下头："可是也有一点喽！"这样谦逊又自负的话是很难听得到的。演讲的题目是《中国韵文里表现的情感》，父亲回忆说，梁先生情感丰富，记忆力强，"用手一敲秃头便能背诵出一大段诗词"；讲到动情处，他悲从中来，竟痛哭流涕不能自已。梁启超的激情和文采给父亲留下深刻印象。父亲晚年回忆，他对中国文学的兴趣，就是被这一篇演讲所鼓动起来的。

清华对体育特别重视，毕业前照例要考体育，跑步、跳高、跳远、标枪之类的父亲还可以勉强应付及格，对他来说，最难过的一关是游泳。考试那一天，父亲约好了两位同学各持竹竿站在泳池两边，以备万一。他一口气跳进水里之后马上就沉了下去，喝了一大口水之后，人又浮到水面，还没来得及喊救命，又沉了下去……幸亏他有"先见之明"，两位同学用竹竿把他挑了出来，成绩当然是不及格，一个月后补考。虽然苦练了一个月，补考那天或许由于太紧张，他又开始一个劲地往下沉，一直沉到了池底，摸到了滑腻腻的大理石池底，好在这次稍微镇静些，在池底连着爬了几步，喝了几口水之后又露出水面，在接近终点时，从从容容地来了几下子蛙泳，把一旁的马约翰先生笑弯了腰，给了他一个及格。父亲后来回忆，这是他毕业时"极不光荣"的一个插曲。

负笈美国

1923 年 8 月，清华这一级毕业生有六十多人从上海浦东登上"杰克逊总统"号远赴美国。

其实父亲对去美国并不是那么热衷，一是因为那时他已经与母亲偷偷地恋爱了；二来对完全陌生的异域生活多多少少会有些恐惧心理。闻一多是父亲在清华时结识的好友兼诗友，未出国时两人还商量，像他们这样的人，到美国那样的汽车王国去，会不会被汽车撞死？结果比父亲早一年去美国的闻一多先生，来信的第一句话便是："我尚未被汽车撞死！"随后劝他出国开开眼界。

我从小就知道闻一多是父亲的好朋友。因为他老提闻一多，还喜欢说些和闻一多在美国时的趣事。1946 年夏，父亲在四川北培的雅舍获悉闻一多遇刺的消息，他当时的悲恸让我终生难忘。

在那艘开往美国的轮船上，除了清华这批学生外，还有来自燕京大学的许地山和谢婉莹（冰心）。冰心当时因为《繁星》与《春水》两部诗集，在全国已经很有名，而父亲此前在《创造周报》上发表评论，认为那些小诗理智多于情感，作者不是一位热情奔放的诗人，只是泰戈尔小诗影响下的一个冷隽的说理者。

结果文章发表后没几天，他们就在甲板上不期而遇。经许地山的介绍，两人寒暄一阵，父亲问冰心："您修习什么？""文学。你呢？"父亲回答："文学批评。"然后两个人就没话说了。

因为旅途漫长，不晕船的几个人，父亲、冰心、许地山等人兴致勃勃地办了一份壁报，张贴在客厅入口处的旁边，三天一换，报名定为《海啸》。冰心的那几首著名的《乡愁》《惆怅》《纸船》就是在这时候写的。冰心当初给父亲的印象是"一个不容易亲近的人，冷冷的好像要拒人于千里之外的感觉"。但接触多了，父亲逐渐知道，冰心并不是一个恃才傲物的人，不过是对人有几分矜持而已。冰心后来写首小诗戏称父亲为"秋郎"，父亲很喜欢这个名字，还以此为笔名发表过不少作品。

后来成为冰心丈夫的社会学家吴文藻是父亲在清华时的同学，他与冰心、吴文藻的友谊也维持一生。"文革"中，父亲在台湾听说"冰心与吴文藻双双服毒自杀"，他非常悲痛，写了一篇《忆冰心》一文，回忆两人几十年的友情以悼念。文章见报后，女作家凌叔华给父亲写信，告知这一消息是误传。父亲虽然觉得有些过意不去，但总算由悲转喜。

1981年，我第一次回大陆。临行前，父亲嘱咐我替他找三位朋友——冰心、季羡林和李长之。我如愿地找到了前两位，但最后一位一直下落不明。是一直留在北京的大姐梁文茜带我见的冰心，当时她正在医院住院，虽然一直躺在那儿，但仍能感觉得到她的风度和优雅。冰心见到我非常高兴。我交给她父亲叫我带给她的一本书，我说："爸爸让我带句话：'他没变。'"冰心很开心地笑了，然后说："我也没变。"我并不清楚他们之间传达的是什么意思，但我相信，他们彼此都明白那份友谊的力量，是足以超越时间和空间的。没有几个人能有机会知道，别人会在自己死后评价些什么，所以对于父亲写文章"悼念"她一事，虽然有点不吉利，冰心可能觉得颇为有趣，也并不介意。

在科罗拉多大学获得学士学位后，1924年秋，父亲进入哈佛大学研究院学习。那时候在哈佛和麻省理工有许多中国留学生，经常走动。父亲性格温和，朋友很多，他的公寓也成了中国学生活动的中心之一。有一次父亲正在厨房做炸酱面，锅里的酱正噗哧噗哧地冒泡，潘光旦带着三个人闯了进来，他一进门就闻到炸酱的香味，非要讨顿面吃，父亲慷慨应允，暗地里却往小碗炸酱里加了四勺盐，吃得大家皱眉瞪眼的，然后拼命找水喝。父亲敢这样恶作剧，也是因为他和潘光旦在清华时就是互相熟识的好朋友。

1925年，中国学生会要演一出英语的中国戏，招待外国师友，筹划的责任落到父亲和顾一樵身上。父亲平时就喜欢话剧，他经常和顾一樵省吃俭用跑到波士顿市内的一个戏院里看剧。顾一樵选了明朝高则诚写的《琵琶记》编成话剧，剧本则由父亲译成英文。对于戏中男主角蔡伯喈的人选，一时竟然竞争颇为激烈，争来争去之下，顾一樵干脆让父亲自己来演。冰心在里面演丞相之女。

上演之前，父亲他们还特地请来波士顿音乐学院专任导演的一位教授前来指导。这位教授很是认真，演到父亲扮演的蔡伯喈和赵五娘团圆时，这位导演大叫：

"走过去，亲吻她，亲吻她！"女演员站在那里微笑，但父亲无论如何鼓不起勇气走过去，只好告诉那位尽职的导演，中国自古以来没有这样的习惯，导演只好摇头叹息。演出那天十分成功，其实外国人并不懂得他们究竟在演了些什么，只是觉得那些红红绿绿的服装和正冠捋须甩袖迈步等的姿态很有趣，当时还有这样一个插曲：他们让演赵五娘的那位中国留学生抱着琵琶，选个词阙自弹自唱，结果"赵五娘"唱的是"少小离家老大回，乡音无改鬓毛衰……"要知道这是唐朝贺知章的诗，而唱的人"赵五娘"却是东汉时期的人，不过好在也没有人注意到这个。

动荡岁月

父亲在美国待了三年，奖学金还没有用完就回国了。他急着回国，是因为我的母亲。母亲自幼丧父，和她的叔叔们住在一起，在那个时代，不经媒妁之言而自由恋爱可是件惊世骇俗之事。眼看着年纪一天天大了，又不敢说自己已经有了意中人，家里的叔父张罗要给她定亲，父亲在美国着了急，学习一结束就赶紧回国了。1927年2月11日，父亲与母亲在北平南河沿的欧美同学会举行了婚礼。

结婚后，父亲与母亲在上海生活了三年，父亲以教书为生。在上海时，他们与罗隆基、张舜琴夫妇为邻，这对夫妇时常在午夜爆发"战争"，张舜琴经常哭着跑到我父母那里诉苦，每次都是母亲将她劝了回去。

那一段时间，父亲与胡适、徐志摩等过从甚密，他们都是"新月派"的人，父亲与徐志摩管胡适叫"胡大哥"。后来各自忙各自的事情，来往不多。父亲也是在那段时间，与鲁迅先生爆发了著名的"论战"。

父亲生前不大提他与鲁迅的是是非非，那时我们在台湾，鲁迅与毛泽东的书一样，都属禁书，所以年轻时我并不知道他们有什么"过节"。直到后来到了美国我才陆陆续续读到他们当年的文章。有一次我问父亲："你当年和鲁迅都吵些什么？"父亲回答得很平静，他说，他们之间并没有什么仇恨，只不过两个人对一个问题的看法不同，其实他还是很欣赏鲁迅的文学的。鲁迅认为文学是有阶级性的，而父亲更强调文学作品的人性，比如母爱，穷人有，富人也有，不论阶级，不管穷富，文学不是政治的工具，它是写永恒的人性，这就是父亲的信念。现在关于那场论战，已经有书把他们的文章全部都收集起来，现在的读者也有阅读所有这些文章的自由，我想，每个人都可以有自己的看法吧。

1930年，父亲又带着家人到青岛教书。我就是1933年在青岛出生的，一岁多时，因为父亲被胡适先生邀请到北大教书，我们一家又回到了北京。其实我对青岛没有任何印象，但1999年我特地回到青岛，寻访我的出生地、当年我们生活过的地方时，一看石碑上刻着的"梁实秋故居"几个字，我还是忍不住潸然泪下。

北京的生活没有安定多久，1937年7月抗战爆发，父亲听说自己上了日本人的"黑名单"，当即写下遗嘱，孤身逃离北京。父亲也是第一批从北京逃出来的学者之一。在天津的罗隆基家借住几天后，父亲又辗转到了南京、重庆，自此与我们分离了七年之久。

1944年，母亲只身一人，带着我们三个孩子十一件行李，从北京南下，借助于各种交通工具，一路跋涉到了重庆北碚，与父亲团聚。我还能记起我们团圆的那一天，母亲带着我们站在屋子里，有人去办公室喊父亲，父亲进门后跟母亲说了句什么，然后父亲紧盯着我们三个孩子，"这就是我的孩子！"他一个个指着我们，连说了三次。

在很多人眼里，父亲也许是个"洋派"的人，这可能归根于父亲在美国留学时养成的一些习惯。他们当时一半时间住在美国白人家庭里，一起吃饭，就要遵守美国传统家庭的规矩：吃饭要打领带，正襟危坐。但骨子里，父亲绝对是一个有很深中国文化情怀的人。他从美国回来立即抛开钢笔用起了毛笔，一直到抗战结束后，才不得不又用起钢笔。很多人问我："你父亲英文那么好，是不是在家里整天和你说英文？"恰恰相反，父亲在家从来不跟我说一句英文，他只说北京话，穿那种手纳的千层底布鞋。从美国回来教书时，他口操英语，却总是穿中式长袍，千层底布鞋，叠裆裤子还要绑上腿带子，很土。经常引得时髦男女窃笑，父亲也不以为意。

抗战结束后，我们一家又回到了北京。但战火并没有就此熄灭，1948年底，形势已经开始不稳，父亲带我和哥哥二人先从北京赶赴天津，想抢购船票去广东。母亲留在北京处理亲戚的房产，准备第二天去天津与我们会合同行。不料当天晚上铁路中断，我们父子三人进退维谷。母亲急电，嘱我们立即南下，不要迟疑。第二天，我们三人惶恐不安地登上了轮船，却不知以后会怎么样。

当我们漂泊了十六天到达广州后，得知母亲成了北京城最后起飞的两架客机上的乘客之一。那时北京还没有天安门广场，就是把东长安街上的树砍倒，作为临时跑道，母亲乘坐的飞机擦着树枝尖起飞。我们一家人在广州又团聚。

当时大姐文茜已结婚，没有同我们一起走。哥哥文骐正在北大读书，到了广州后，觉得台湾没有什么好的大学，最后决定回北京继续上北大。结果我们自此与哥哥姐姐生死不明地分隔了几十载。当时没有人会预料到分隔得那么久，如果预料到那种结果，我想我们一家死也不会分开的。

漂　泊

初到台湾时，我们可以说是"无立锥之地"。离开大陆时，母亲让我们每个人准备一个小箱子，怕兵荒马乱时一家人一旦分散，只要抓住这个小箱子就还能有一点点生存的资本。那个小箱子除了几身换洗衣服，几本破书外，别无他物。

我们初到台湾时，还不知道已经发生了"二二八"事件，只知道，大陆人与台湾人的关系十分紧张。当时台湾有个很有名的房地产商叫林挺生先生，是台湾数一数二的富商工业家兼教育家，由朋友介绍，我们初到台湾时租住他的房子，他不收租金，但他对父亲十分景仰，某年过节时包了个红包，把父亲给他的房租悉数退了回来。父亲很过意不去，林先生就请父亲到他办的工业学校的公司里为员工教课，或是教初中生孩子们。中文、历史、英文，哪门老师找不到，他就让父亲教哪门课。林先生本人也非常注重学习，父亲的课他都坐在最后一排旁听，并且记笔记，非常认真。每隔一段时间，他都来向父亲请教问题，每次来都毕恭毕敬地向父亲鞠躬，他们的谈话绝对不涉及个人闲谈，全部都是为人处事之类的大道理。有林挺生的帮助，我们度过了在台湾最初的艰难时期。

台湾那时也有"白色恐怖"，报纸、杂志都是被控制的，父亲在台湾时，交游不广，为了谋生，专心教书、写稿。有一天，突然来了三五位便衣，声称亲眼看见窃贼逃到我家，要入室搜查。其实抓贼是假，这几个人最后竟直接翻阅父亲的文稿和书籍，想知道父亲是否有"思想问题"。父亲颇为震怒，要求当局调查此事，但最后当然不了了之。

我到美国留学后，与父母保持每周一次的通信。有一次父亲遇到一位朋友，对方竟然说出父亲给我信中的一些内容，父亲大惊，才知道往来的信件也会被偷偷地检查。查私人信件、将内容外传、又传回写信人，我们当时除了觉得滑稽，也只有无奈。

在台湾时，父母还遭遇过这样一件事。那一年我的假期结束马上准备返美，母亲特地做鳝鱼给我吃。突然听到有人按门铃，有一男子身穿军装戴着墨镜，自称是父亲的学生。父亲正准备起身迎接时，男子突然掏出手枪，对准父亲的心脏，还把枪膛中的子弹退出来给父亲看，表示是真刀真枪，不是开玩笑的。父亲镇静地拍了拍来人的肩头，让他坐下来。那人真的坐下来，但仍以枪指着父亲。我冒险从边门溜出，跑到邻居家借电话报警。

待我回来时，强盗已经离去。他向父亲要去了"欧米伽"手表、母亲的假首饰和一些买菜钱。强盗临走时曾威胁父亲不可报警，否则会回来灭门。见我已报了警，大家心神不定地过了一晚，连电灯都不敢开，还把窗帘都拉起来，请求警察保护。结果警察在我家客厅守了一夜。

那个"欧米伽"是父亲过生日时，三十位朋友联合送的，父亲很是喜欢，好在我之前有心，把手表的出厂号码抄下来，记在父亲的记事本上。结果第二天警察就在当铺找到了那块表，立即人赃俱获。父亲去警局办手续时正巧遇到那个强盗，他停下来对父亲说："梁先生，对不起您！"父亲也有些难过。后来我们知道在当时的戒严法下持械行劫，无论赃物多少，都一律死刑，何况他又是现役军人，虽然母亲后来替他求情，但也无助于事。

不尽的思念

到了台湾，父亲又重新开始了他翻译莎士比亚的工作。

父亲翻译莎士比亚剧本始于抗战前，那时我只有三岁。后来因为抗战，颠沛流离，只译了十本，便停顿下来，因为翻译莎士比亚是没有钱的，为了我们一家，父亲必须谋生、教书、写文章。生活相对安定下来之后，他又开始有计划地翻译。父亲给自己规定，每天要译两千字。台湾的天气很热，那时也没有冷气，父亲这个北方人对台湾的气候颇不适应，他又很胖，非常怕热。但无论天气多热，他都要完成自定的工作量，经常是挥汗如雨地坐在那里翻译，非常有毅力。如果因为有事未能完成预计的工作，他第二天加班也要把拖下的工作补上。

翻译莎士比亚，是胡适先生建议父亲做的一件事。最初是父亲与另外两个人一起翻译，但其余两位后来中途退出，只剩下父亲一人在坚持。翻译莎士比亚是件很苦的事，因为他全部是用古英文写的，首先很难读懂，再"信达雅"地翻译出来，更不是一件容易之事。我曾经向父亲抱怨说，我根本看不下去莎士比亚的原文，父亲笑着说："你若能看懂的话，那就不是莎士比亚了。"

翻译的后期对父亲来说尤其艰苦，因为他喜欢的剧本已先译完了，剩下的都是那些比较枯燥艰涩的。这时就更需要靠毅力才能坚持下来。

父亲每译完一剧，就将手稿交给母亲装订。母亲用古老的纳鞋底的锥子在稿纸边上打洞，然后用线订缝成线装书的样子。没有母亲的支持，父亲是无法完成这一浩大工程的。翻译莎士比亚没有收入，母亲不在乎，她没有逼迫丈夫去赚钱，而是全力以赴地支持父亲。这一点，在我小的时候并没有深深体会，而在长大结婚，有了家庭后，才能理解母亲当年的不易。

父亲喜欢吃，他不做，但喜欢品。到了台湾、美国以后，他时常念叨北京的小吃，什么爆肚、炒肝、糖葫芦之类的，后来也有朋友从大陆带一些老北京的小吃给他，父亲尝了后，总是摇头叹气："不一样，不一样！"

我在台湾与父母一起生活了十年，因为哥哥姐姐的失散，我成了"独生女"。饭后，我们经常坐在客厅里，喝茶闲聊，话题多半是"吃"。从当天的菜肴说起，有何得失，再谈改进之道，最后，总是怀念在故乡北京时的道地做法，然后慨叹一声，一家人陷于惆怅的乡思之情。

1972 年，父母搬到美国西雅图与我同住。1974 年 4 月 30 日上午，他们到附近市场购物，市场门口的一个梯子突然倒下，正好击中了母亲。母亲被送到医院进行抢救，因伤势很重，需要动大手术。临近手术前，母亲以一贯的自我克制力控制自己，既不抱怨，也不呻吟。在进手术室前，她似乎已有所预感，对父亲说："你不要着急，治华（梁实秋的学名为梁治华），你要好好照料自己。"到手术室门口，母亲还应医师之请微笑了一下。几个小时之后，护士出来通知，母亲已不治。我永远忘不了那一刻，父亲坐在医院的长椅上开始啜泣，浑身发抖……

中山公园的四宜轩是他们当初定情之地。1987 年，我借到北京开会之机，专程到中山公园拍了许多四宜轩的照片，带回给父亲。但父亲还是不满足，说想要一张带匾额的全景。可惜四宜轩房屋尚在，匾额早已无影无踪。后来大姐文茜又去照了许多，托人带给父亲。父亲一见照片就忍不住落泪，只好偷偷藏起来，不敢多看。

虽然父亲后来与韩菁清女士又结了婚，但我没有与他们生活在一起，详细的生活情形我不是很了解。他还是像以前那样给我写信，我知道他的心情有好有坏，他仍然时常陷于对母亲的思念里不能自拔，几乎每年在母亲的祭日那天他都会写一首诗纪念，而且几乎在每一封信里，他都会写"汝母"，他都会很沉痛地怀念母亲。

父母在世时，他们尽量不提哥哥姐姐的事情，尽管他们心里都明白对方的痛苦和思念。母亲信佛，每天诵经焚香祈祷，这样她的精神才能支撑下去。就在去世后一个月，父亲终于辗转得到哥哥姐姐仍然在世的消息。他特地跑到西雅图母亲的墓地前，告慰母亲。

1981年夏，我第一次回大陆探亲，回到了儿时居住的庭院，却已物是人非。临行前，大姐文茜折了一小枝枣树叶，上面还有一个小青枣，让我带回台湾，送给父亲。这棵枣树是我们在北平时老枣树的后代，老树早已被砍去。我小心翼翼地把枣叶包好。回到台湾后，把在大陆的见闻一五一十地向父亲汇报，其中包括姐姐文茜、哥哥文骐三十三年的经历，讲到激动处，时常与父亲相顾而泣。那个枣和树叶后来都枯萎了，父亲把叶子留下来，放在书里，珍存着。

1986年，我最后一次赴台探望父亲。临行前与父亲在客厅中道别，父亲穿着一件蓝布棉外衣，略弯着腰，全身在发抖。他用沙哑的声音不厌其烦地告诉我怎么叫出租车，怎么办出境手续等，那一刻，他又把我当作他的没出过门的小女儿。那一次离家，我充满了不祥之感。

1987年11月3日，父亲因突发心脏病住院。当时，小量的输氧已经不够。父亲窒息，最后，父亲扯开小氧气罩，大叫："我要死了！""我就这样死了！"此时，医生终于同意给予大量输氧，却发现床头墙上大量输氧的气源不能用，于是索性拔下小量输氧的管子，换床。七手八脚忙乱了五分钟。就在这完全中断输氧的五分钟里，父亲死了。父亲强烈的求生欲望一直支持他到心脏停止，他留下的最后五句绝笔之一是："我还需更多的氧。"父亲的手一生中写了不知几万万字，没想到，留在人间最后的字迹，竟然是这样的求生呼号。每思及此，肝肠寸断。

大雅宝胡同甲二号

黄永玉

李可染第一次见齐白石是带了一卷画去的。齐见到李，因徐悲鸿的介绍，已经是越过一般礼貌上的亲切，及至他读到李的画作，从座位上站起来，再一张一张慢慢地看，轻轻地赞美，然后说："你要印出来！要用这种纸……"于是他转身在柜子顶上搬出一盒类乎"蝉翅宣"的纸来说："这种！你没有，我有，用我这些纸……"

可染先生逝世了。离开他那么远，我很想念他，为他守几个钟头的灵，和他告别，看一眼他最后的容颜，不枉我们友谊一场。唉！可惜办不到了。

他比我大十六岁，也就是说，我回北京二十八岁那一年，他才四十四岁。那算什么年龄呢？太年轻了。往昔如梦，几乎不信我们曾经在那时已开始的友谊，那一段温暖时光。

1953 年，我，带着七个月大的黑蛮，从香港回到北京，先住在北京北新桥大头条沈从文表叔家。按年代算，那时表叔也才四十五岁，真了不起，他那些辉煌的文学作品都是在四十五岁以前完成的。

在他家里住了不久，学校就已经给我安排好住处。那就是我将安居十年左右的大雅宝胡同甲二号。

第一个到新家来探望我们的就是可染夫妇。

一群孩子——二三十个大小不同的脸孔趴在窗口参观这次的探望。他们知道，有一个从香港搬来的小家庭从今天起将和他们共享以后的几十年的命运。

可染夫妇给我的印象那么好！

"欢迎你们来，太好了！太好了！没有想到两位这么年轻！太好了！太好了！刚来，有什么缺的，先拿我们的用用！——你们广东人，北京话讲得那么好！"

我说："她是广东人，我是湖南人。"

"好！好！我们告辞了，以后大家在一起住了。"

接着是张仃夫妇，带着他们的四个喽啰。

以后的日子，我跟他们两家的生活几乎是分不开的。新的生活，多亏了张仃夫人陈布文的指引和照顾。

大雅宝五十米的胡同拐角有一间小酒铺，苦禅先生下班回来，总要站在那儿喝上两杯白酒。他那么善良朴素的人，一个重要的写意画家，却被安排在陶瓷科跟王青芳先生一起画陶瓷花瓶。为什么？为什么？至今我还说不出缘由。我下班时若是碰见他，他必定跟我打招呼，并得意地告诉酒铺的小掌柜："……这位是黄永玉先生，咱们中央美术学院最年轻的老师，咱们党从香港请来的……"

我要说"不是党请来的，是自己来的"也来不及。他是一番好意，那么真诚无邪，真不忍辜负他的好意。

董希文有时也让沙贝提着一个了不起的青花小提梁壶打酒。

那时尚有古风。还有提着一只盖着干净蓝印花布的篮子的清癯的中年人卖我们在书上见识过的"硬面饽饽"。脆硬的表皮里软嫩微甜的面心，这是一种寒冷天气半夜街头叫卖的诗意极了的小食物。

大雅宝胡同另一头的转角是间家庭面食铺，早上卖豆浆、油条、大饼、火烧、糖饼、薄脆，中午卖饺子和面食；后来几年的"资本主义改造"，停了业。有时街头相遇，寒暄几句，不免相对黯然，这是后话。

北京东城大雅宝胡同甲二号，是中央美术学院教员宿舍。

我一家的住处是一间大房和一个小套间。房子不算好，但我们很满足。我所尊敬的许多先生都住在同样水平而风格异趣的房子里。学院还有几个分布在东西城的宿舍。

大雅宝胡同只有三家门牌，门口路面安静而宽阔，早百年或几十年前的老槐树绿荫下有清爽的石头墩子供人坐卧。那时生活还遗风于老北京格局，虽已开始沸腾动荡，还没有失尽优雅和委婉。

甲二号门口小小的。左边是隔壁的拐角白粉墙，右边一排老灰砖墙，后几年改为两层开满西式窗眼的公家楼，大门在另一个方向，而孩子们一致称呼它是"后勤部"大院，这是无须去明白的。

我们的院子一共是三进，连起来一长条，后门是小雅宝胡同。小雅宝胡同往西走几步向右一拐就到了禄米仓的尽头；"禄米仓"其实也是个胡同，省下胡同二字叫起来原也明白。只是叫大雅宝和小雅宝时却都连着胡同，因为多少年前，前后胡同出了大小哑巴的缘故。

禄米仓对我们的生活很重要。那里有粮店，菜站，油盐酱醋，猪、牛、羊、鸡、鸭、鱼肉店，理发店和一家日用杂货店。还有一座古老的大庙，转折回环，很有些去处。可惜主殿的圆形大斗穹，听传说被旧社会好事贪财、不知轻重的人卖到美国波士顿博物馆去了。更听到添油加醋的传说，那些大斗拱材料被编了号，一根不多、一根不少地存在仓库里，根本没有高手能把它们装配起来。我们当时还很年轻的国手王世襄老兄恰巧在那儿，得到他的点化，才在异邦重新跟惊讶佩服的洋人见了面。

那座庙是个铁工厂，冶炼和制造马口铁生活用具，油烟和电焊气味，冲压和洋铁壶的敲打，真是古联所云"风吹钟声花间过，又响又香"的感觉。

甲二号宿舍有三进院子。头一个院子，门房姓赵，一个走失了妻子的赵大爷带着十二岁的儿子大福生子和八岁的儿子小福生子和一个十四五岁的女儿。女儿乖，大小儿子十分创造性地调皮。

第二家是单身的陆大娘，名叫陆佩云，是李苦禅先生的岳母。苦禅、李慧文夫妇和顽皮的儿子李燕、女儿李健住在隔壁。门口有三级石阶，面对着一块晾晒衣服的院子。路过时运气好，可见苦禅先生练功，舞弄他那二十多斤重的纯钢大关刀。

第三家是油画家董希文，夫人张连英是研究工艺美术的，两夫妇细语轻言，沉静而娴雅。大儿子董沙贝，二儿子董沙雷，小女儿董伊沙跟我儿子同年。沙贝是个"扭纹柴"，小捣蛋；沙雷文雅。我买过一张明朝大红木画案，六个人弄了一个下午还不能进屋，沙雷用小纸画了一张步绪图，"小娃娃懂得什么？"我将他叱喝走了。大桌案露天放了一夜。第二天，老老实实根据沙雷的图纸搬进了桌子。沙雷长大后是个航空方面的科学家。沙贝在日本，是我一生最中意的有高尚品位的年轻人之一。我们一家时时刻刻都想念他，却一直不知道他生活得怎么样。

第四家是张仃和陈布文夫妇。张仃是中国最有胆识最有能力的现代艺术和民间艺术的开拓者。他身体力行，勇敢、坦荡、热情而执着地拥抱艺术，在五十年代的共产党员身上，散发着深谷中幽兰似的芳香。夫人陈布文从事文学活动，头脑黎明般清新，有男性般的愤世嫉俗。和丈夫从延安走出来，却显得十分寂寞。布文是"四人帮"伏法以后去世的，总算解开了一点郁结；可惜了她的头脑和文采。

数得出他们的四个孩子：乔乔，女儿；郎郎，大儿子；大卫，二儿子；寥寥，三儿子，跟我们的关系最好。寥寥跟我儿子黑蛮同在美术学院托儿所低级班，每天同坐一辆王大爷的三轮车上学，跟儿子一起叫我妻子作"梅梅妈妈"。想到这一些事，真令人甜蜜而伤感。

大卫沉默得像个哲学家，六七岁，有点驼背，从不奔跑打闹。我和他有时静悄悄地坐在石阶上，中午，大家午睡，院子静悄悄，我们就谈一些比较严肃的文学问题。他正读着许多书。

郎郎是一个非常纯良的孩子。他进了寄宿学校，星期天或寒暑假我们才能见面。他有支短短的小竹笛，吹一首叫作《小白帆》的歌。他善良而有礼，有时也跟大伙儿作一种可原谅的、惊天动地的穿越三大院的呼啸奔跑。一般地说，他很含蓄，望着你，你会发现他像只小鹿，一对信任的、鹿的眼睛。

妻子曾经说过，写一篇小说，名叫《小白帆》，说这一群孩子"将来"长大的合乎逻辑的故事。不料匆忙间这些孩子们长大了，遭遇却令我们如此怆然。

郎郎在"文革"期间脚镣手铐押到美术学院来"批斗"，大会几天之后分组讨论枪毙不枪毙他。我难以忍受决定孩子生死的恐怖，我逃到北海，一进门就遇到王昆，她的孩子周七月那时也要枪毙。我们默默地点了头，说声"保重"，擦身而过。那天雪下得很大，登临到白塔山头，俯览尘寰，天哪！真是诉不尽的孤寂啊！

乔乔原在儿童剧院，后来在云南，再后来到国外去了。一个女孩走向世界，是需要强大的勇气和毅力的。她开阔，她对付得了！

只有那个沉默好学的大卫，自从上山下乡到了庐山之后，近二十年，一直没有过下山的念头。他是几十万分之一的没有下山者。我许多年前上庐山时找过他，那么超然洒脱，漠漠于宁静之中。

他们家还有一位姨娘，是布文的姐姐。她照顾着幼小的寥寥，永远笑眯眯，对一切都满怀好意。

过了前院还不马上到中院。中间捎带着一个小小天井。两个门，一门曲曲折折通到张仃内室，一个是张家简陋的厨房。说简陋，是因为靠墙有个古老的长着红锈的浴盆，自来水管、龙头阀门一应齐全，通向不可知的历史那里。它优越而古老，地位奇特，使用和废弃都需要知识和兴趣，所以眼前它担任一个很谦虚的工作——

存放煤球。

中院第一家是我们。第二家是工艺美术家柳维和夫妇和他们又小又胖的儿子大有。第三家是程尚仁夫妇，也是工艺美术家，女儿七八岁，清秀好看，名叫三三；三四岁的儿子，嗓门粗而沙，大眼睛，成天在屋子里，让我把他的名字也忘了。

一个大院子，东边是后院袁迈夫妇的膳房，隔壁还有一大一小的屋子住着为袁迈夫妇、后来为彦涵夫妇做饭的名叫宝兰的女青年。

院子大，后来我在李可染开向我们中院的窗前搭了个葡萄架，栽了一大株葡萄藤。在底下喝茶吃饭有点"人为的诗意"。

然后钻进左手一个狭道到了后院。东南西北紧紧四排房子。不整齐的砌砖的天井夹着一口歪斜的漏水口。左边再经一个短狭道到了后门。

南房一排三间房子，两间有高低不平的地板，一做卧室，一做客厅；另一间靠东的水泥地的窄间是画室，地面有两平方尺的水泥盖子，过去是共产党地下工作人员藏发报机的秘密仓库，现在用来储放大量的碑帖。每间房的南墙各有一扇窗，透过客厅的窗可看到中院我栽的葡萄和一切活动。

这就是李可染住了许多年的家。

西边房子住着可爱可敬的八十多岁目明耳聪快乐非凡的可染妈妈李老奶奶。

东房住着位姓范的女子，自云"跟杜鲁门夫人吃过饭"。她爱穿花衣，五十多岁，单身。

北房原住在前面说过的袁迈一家，他们有三个孩子，大儿子袁季，二儿子有点口吃的叫袁聪，三女儿可爱之极，名叫袁珊，外号"胖妹妹"，和我儿子也是同年。袁家的两个儿子长得神俊，规矩有理，也都成为我的喽啰。后来工艺美术系扩大为中央工艺美术学院，属于这个系统的人才都搬走了。搬走之后住进一家常浚夫妇，原在故宫工作，新调来美院管理文物。他们家的孩子也是三个，十五六岁的大男孩叫万石，二儿子叫寿石，三女儿叫娅娅，都是很老实的脾气。常家还带来一位约莫八十来岁的驼背老太太做饭，从不跟人多说句话，手脚干净而脾气硬朗，得到大家暗暗尊敬。

隔壁有间大房，门在后口窄道边，原住着木刻家彦涵、白炎夫妇和两个儿子，大的叫四年，小的叫东东。四年住校，东东住托儿所。四年是个温顺可人的孩子，跟大福生子、李燕、沙贝、沙雷、郎郎、袁季等同龄人是一伙。东东还谈不上跟大家来往，太小。

彦涵后来搬到鼓楼北官坊那边去了。接着是反"右"，这位非常杰出的木刻家对几十年来所受到的委屈，倒是一声不响，至今七十多岁的人，仍然不断地创造崭新风格的动人而强大的作品。

彦涵走了以后搬来陶瓷大家祝大年夫妇和三个孩子。大的叫毛毛，小的叫小弟，更小的女儿叫什么，我一时想不起来。小弟太小，毛毛的年龄在全院二十多个孩子中间是个青黄不接的七岁。大的跟不上，小的看不起，所以一个人在院子里走来走去，或是在大群孩子后面吆喝两声。他是很聪明的，爸爸妈妈怕他惹祸，有时关他在屋子里，便一个人用报纸剪出一连串纸人物来，精彩到令人惊讶的程度。

祝大年曾在日本研究陶瓷，中国第一号陶瓷大师，一位有意思极了的人。好像身体虚弱，大热天肚脐眼儿到胸口围上一块仿佛民间年画上胖娃娃身上的红肚兜，其实能说能笑，不像有病的样子。可能是漂亮夫人细心照顾、体贴入微的部分表现。

有一天夫人不在家，吃完午饭，祝大年开始午睡，那位不准外出的毛毛一个人静悄悄地在地板上玩弄着橡皮筋，一根根连成十几尺的长条。祝大年半睡半醒，蒙眬间不以为意，眼看着毛毛将长条套在一个两尺余高的明洪武釉里红大瓶的长脖子上，跪在地上一拉一拉，让桌上的瓶子摇晃起来。说时迟那时快，大瓶子从桌上落在地面，这个价值连城的瓶子发出了心痛的巨响，祝大年猛然清醒已经太迟……虽然他是位大藏家，仍肯定会长年地自我嘲笑这件事。

祝大年就是这样一个人，一辈子珍惜的东西他也看得开，精于欣赏，勇于割舍。我不敢问起"文革"以后他那些藏品哪里去了。他曾经是个大少爷，见得太多，豁达成性，大概无所谓……

大雅宝甲二号的夜晚各方面都是浓郁的。孩子们都躲进屋子，屋子里溢出晚饭的香味，温暖的灯光混合着杯盘的声音透出窗口，院子里交织着甜蜜的影子。这是1953年，春天。

和可染先生夫妇最后一次见面是在今年年初的一个什么会上。我给了他几支英国水彩赭石颜料，这东西画人物皮肤很见效，比眼前的中国颜料细腻。他一直是相信我的话的，但没有机会听到他说是否好用的消息了。

对于他们的孩子，我几乎是他们的真叔叔。尊敬，信赖。猛然遇见我时会肃立认真地叫一声叔叔。大雅宝的孩子长大以后都是这样，这不是一般的关系。郎郎、大卫、寥寥、毛毛、小弟、沙贝、沙雷、伊沙、袁季、袁聪是这样，小可、李庚更是这样。我们混得太熟、太亲，想起来令人流泪。

"文革"以后除了被国家邀请与作人、淑芳先生夫妇，可染、佩珠先生夫妇，黄胄老弟夫妇住在一个好地方画任务画之外，记得只去过可染先生家一次。

为什么只一次？只是不忍心。一个老人有自己特定的生活方式、创作氛围，一种艺术思路的逻辑线索。不光是时间问题。客人来了，真诚地高兴；客人走了，再回到原来的兴致已不可能。不是被恶意地破坏，不是干扰，只是自我迷失。我也老了，有这种感受，不能不为他设想。

不过十年以来，倒是在我们家有过几次聚会。那是因为两个孩子都在国外，放暑假回家，请伯伯、伯母们吃一次饭。照例约请可染夫妇，作人夫妇，君武夫妇，苗子、郁风夫妇，丁井文老兄，周葆华老弟，间或木刻家李少言兄和一些偶然从外地来的好朋友。梅溪做的菜在诸位心目中很有威信。大家一起也很好玩，说笑没有个尽头。到了晚上九点十点，车子来接他们回家了，都不情愿走，可染和作人两位老人还比赛划拳，谁输谁先走。一次杨凡老弟恰巧也在，照了不少相片。

"世上无不散的筵席"。孩子都长大了，伯伯、叔叔们一天天老去，虽明白这是常规常理，却不免感慨怆然。

和可染先生夫妇多次谈到大雅宝胡同的每一件零碎小事，他们都那么兴奋，充满快乐的回忆，说我的记性好，要我快些写出来。当然，他们是希望通过我的回忆重温那一段甜美的生活的。我答应了，我以为可染先生会起码活到九十岁，"仁者寿"嘛！不料他来不及看我的这些片段了。唯愿有一天把这篇文章祭奠在他的灵前……

当然，我还要请读者原谅我这篇文章的体例格式。我是为了活着的李可染而写的，是我们两家之间的一次聊天，回忆我们共同度过的那近十年的大雅宝胡同甲二号的生活。1956年我在上海《文汇报》用江纹的笔名发表了一篇谈叶浅予先生的文章时，人家问起他，他就说："是大雅宝那边的人写的！"

"大雅宝胡同甲二号"不是一个画派，是一圈人，一圈老老小小有意思的生活。老的凋谢，小的成长，遍布全球，见了面，免不了会说：

"我们大雅宝"如何如何……

大雅宝于今"走"的老人多了！苦禅、希文、袁迈、尚仁、常浚、布文，现又添了个可染。

听说佩珠栽的那棵红石榴树已经长成了大树。四十年过去，经历了那么多的忧患。恐惧能使生命缩短，难怪"文革"那些不幸的日子觉得过得快。其实，"四人帮"垮台之后的日子也快。那是我们解放以来从来未有过的真的笑，真的舒坦的好日子。树若有知，会记得这段漫长的甘苦的。

因此，不能不先写写我们大院子所有的人和生活。

李可染活动在我们之中。文章点到那里，才知道是个什么意思。

那时的运动一个接一个，人们的情绪饱含着革命的内容，一肚子、一脑子的激情。交谈都离不开这些主题。与其说是虚伪，不如说是幼稚蒙昧再加上点恐惧更来得确切。像各人躲在自己的帐子里互相交谈，免不了都隔了一层。因为习惯了，一点也不觉得不好意思。但和李可染相互的谈话都是艺术上的探讨，我又说得多，大家直来直去，倒得到无限真诚的默契。

也有很多机会听他谈齐白石。他谈齐白石，是真正原味的、不加味精香料的齐白石，这么一来，倒非常之像他自己。

他第一次见齐白石是带了一卷画去的。齐见到李，因徐悲鸿的介绍，已经是越过一般礼貌上的亲切，及至他读到李的画作，从座位上站起来，再一张一张慢慢地看，轻轻地赞美，然后说："你要印出来！要用这种纸……"

于是他转身在柜子顶上搬出一盒类乎"蝉翅宣"的纸来说："这种！你没有，我有，用我这些纸……"

他明显地欣赏可染的画。齐九十岁，可染才四十刚出头。后来李对齐产生拜师的动机，是对齐艺术的景仰，并且发现这位大师的农民气质与自己某些地方极其相似。已经不是什么常人的亦步亦趋的学习，更无所谓"哺乳"式的传授。一种荣誉的"门下"；一种艺术法门的精神依归。

可染精通白石艺术的精髓。他曾经向老人请教"笔法三昧"。老人迟疑地从右手边笔堆中拈起一支笔，注视好一会儿，像自言自语地说："……抓紧了，不要掉下来！"可染不止一次告诉我这个故事。他也没有向我分析这句话的心得。

"抓紧了，不要掉下来"之外，还有重要的秘诀吗？没有了。世上有抓笔的秘诀吗？老人没有说；只是提醒他这个弟子，如果"掉下来"，就不能画画。抓紧，不掉下来，怎么拿笔都行。笔，不能成为束缚自己的枷锁。笔是一种完成有趣事物的工具；一匹自由的乘骑。白石一辈子的经验就是"法无定法"，"道可道，非常道"。可染不言，意思就在这里。可染不是孺子，不是牛犊。白石论法，是看准了这个火候已足的弟子的。

第一次拜见白石老人是可染先生带去的。

老人见到生客，照例亲自开了柜门的锁，取出两碟待客的点心。一碟月饼，一碟带壳的花生。路上，可染已关照过我，老人将有两碟这样的东西端出来。月饼剩下四分之三；花生是浅浅的一碟。"都是坏了的，吃不得！"寒暄就座之后我远远注视这久已闻名的点心，发现剖开的月饼内有细微的小东西在活动；剥开的花生也隐约见到闪动着的蛛网。这是老人的规矩，礼数上的过程，倒并不希望冒失的客人真正动起手来。天晓得那四分之一块的月饼，是哪年哪月让馋嘴的冒失客人干掉的！

可染先生介绍了我，特别说明我是老人的同乡。"啊！熊凤凰熊希龄你见过了？"老人问。

"我没能见到；家祖是他的亲戚，帮他在北京和芷江管过一些事，家父年轻时候在北京熊家住过一段时间。"

"见过毛夫人？"

"没有。"

"嗯！去过湘潭？"

"真抱歉，我离开家乡时年纪很小，湖南本省走的地方反而很少！"

"歉么子？我也没有去过凤凰县城！"

大家笑起来，老人也微微翘了翘嘴，自得这小小的"反扣"。

然后我们就吃螃蟹。螃蟹是可染先生提醒我去西单小菜市场买的。两大串，四十来个。老人显然很高兴，叫阿姨提去蒸了。阿姨出房门不久又提了螃蟹回来："你数！"对老人说，"是四十四只啊！"老人"嗯"了一声，表示认可。阿姨转身之后轻轻地嘀嘀咕咕："到时说我吃了他的……"

老人一生，点点积累都是自己辛苦换来，及老发现占便宜的人环绕周围时，不免产生一种设防情绪来保护自己。

人谓之"小气"。自己画的画不肯送人是小气；那么随便向人索画就是大方吗？不送一个人的画是小气；不送一千一万人的画也是小气吗？为这帮占小便宜的人鞠躬尽瘁、死而后已就是大方吗？

随便向人要画的中国传统恶习的蔓延已成为灾难。

多少画家对这种陋习的抗拒，几乎前仆后继，是一种壮烈行为。

可染先生还提到老人学问的精博，记忆力之牢实。北京荣宝斋请齐老写"发展民族传统"六个横幅大字。老人想了几天，还问可染"天发神谶碑"拓片哪里可找？上头那个"发"字应该弄来看看。不久就看到了那个拓本，六个大字书就挂在荣宝斋当年老屋的过厅门额上。字是随意体，写得雄厚滋润之极，看得出其中的"发"字受到"天发神谶碑"中的"发"字的鼓舞，乘搭过气势，倒看不出其中任何一笔的模拟。这是齐白石之所以为齐白石的地方。

可染先生对齐白石不仅尽精神上弟子之礼，每月由中央美院发出的名誉教授的薪俸也由可染先生代领，亲自送去白石铁屋老人手中的。冬天来了，白石老人的家里就会打电话来问：学院为什么还不送煤来？

送薪俸到西城，有时可染带着小女儿李珠或小儿子李庚去，老人总要取一张小票子给孩子作为"糖果钱"。入情入理。充满温暖好意。

跟可染先生找齐老大约三次：一次吃螃蟹；一次在

他女弟子家画像、拍照；一次是把刻好的木刻像送去请齐老题字。

我记得可染先生说过，唯一的一幅他与齐老的合照，是我拍的；同时我跟齐老合照的一幅当然是可染拍的了。我记得给过他一张，底片可能还在我家哪个抽屉里，得找找看。

一次除夕晚会，中央美院大礼堂有演出，李苦禅在京剧《黄鹤楼》中扮赵子龙。扎全套的靠，白盔白甲，神采飞扬。为白石老人安排了一张大软沙发在第一排座位的中间。男女学生簇拥着他一起看这场由他弟子挑大梁的演出。近一千人的礼堂坐得满满的。

锣鼓响处，赵子龙出场，几圈场子过后亮相，高底粉靴加上全身扎的重靠，已经累得汗流浃背、七上八下，于是报名时的"啊！常山赵子龙"就累成："啊！啊！常，常，常，常……"

齐老头笑得前仰后合，学生们、教职员工和家属孩子们登时也跟着大笑起来。

回到二号已经半夜十一时多，一路上我们几家人笑个不停，可染还学着苦禅拉开架子亮相，"啊！啊！啊！

常！常！"苦禅也一路又笑又解释："太，太累了！原先没想到那么吃力，到'报名'时弄得那副德行！幸好，幸好没搞那出《武松打虎》，那是场独角戏。要真搞，可有我的好看！"

几年之后，大家在一起时讲到这件事又大笑一场。那时真甜美，大家都那么年轻，全院子里只有很少的老人。

可染先生拉得一手好二胡。不是小好，是大好。

高兴的时候，他会痛痛快快地拉上几段。苦禅、常浚和可染夫人邹佩珠乘兴配上几段清唱。常浚的《碰碑》，苦禅的《夜奔》，邹佩珠的《搜孤救孤》，大家唱完了，要我来一段；一段之后又一段，头一段《独木关》，第二段《打棍出箱》。可染拉完之后满脸惊讶，用一种恐怖的口气问我："你，你这是哪年的腔？高庆奎？刘鸿声？那么古？我琴都跟不上！"

我不知如何是好！小时候是跟着"高亭"和"百代"公司学唱的京戏，二十年代的事，怎清楚是谁？

有好些年我不敢对可染再提起京戏的事。

可染先生做学生的时候，杨宝森曾劝他别念"杭州艺专",和他拉琴去,他不干。看起来他做对了。可惜这一手琴只落得配我们院子里的几口破嗓子的下场,实在太过可惜和浪费了。

他有不少京剧界的老朋友,甚至是亲戚,如尚和玉、俞振飞、萧长华、盖叫天。孩子们呼啸着把老头子搀进院子,又呼啸着把老头子搀扶出去。齐白石老人也来过好多次。他的到来,从前院到后院都是孩子们的呼啸:"齐爷爷来了!齐爷爷来了!"

记得起的一次是他的一位女护士跑得不知所踪,令他十分伤心而焦急;一次是过春节的信步所至;一次是因湘潭故乡来了一位七十多岁、无理取闹、在地上大哭大叫要钱要东西的儿子,他来找学生李可染帮忙解决困难。这一次在底衣里全身披挂着用布条缝上的小金块,托可染暂时帮他收存,以免那个"调皮的儿子"拿走。

可染先生夫妇总是细心料理齐老人这些乌七八糟的琐碎事,并以此为乐。

我喜欢干通宵的工作。我的画室和可染先生的画室恰好在一个九十度的东北角尖上。一出门抬头右看,即能看到他的活动。半夜里,工作告一段落时,准备回到卧室。走出门外，见他仍然在伏案练字，是真的照着碑帖一字一字地练；往往使我十分感动。星空之下的这间小屋啊！

他所谓的那个"案"，其实是日伪时期留下的陈旧之极的写字台，上面铺着一张那个时代中年人都熟悉的灰色国民党军棉毛毯。说起这张毯子，很少人会知道，中间有一个很大的洞，是可染先生每天工作的毛笔和墨汁颜料"力透纸背"磨穿的洞。

白石先生逝世时，他和关良先生正在民主德国开画展。没能见上老人最后一面令他十分伤心，每次提起都叹息不止。

可染先生的妈妈是位非常好的老太太。八十多岁的人，满院和人聊天。要说些秘密的私房话时全院子都听得见。魁梧，满面红光，大声"哈哈"地笑，她和我们是知己，喜欢梅溪和孩子，喜欢喝我们家的茶。

她身体是这么好。因为满院乱走，一次面朝地狠狠地摔在黑过道里，引起了全院的大震动。一个八十多岁的老太太，这还得了？尤其她是那么让人衷心喜欢的老太太。急忙地送进医院。当我们从街上回来之后听到这

GEORGES SEURAT

乔治·修拉
（Georges Seurat 1859 — 1891）

　　法国点彩画派（Pointillism）的代表画家，修拉
生活在印象主义画派的初期，而且推动了印象主义
的发展，是后印象派的重要人物。他的画作风格相
当与众不同，修拉的画充满了细腻缤纷的小点，当
你靠近看，每一个点都充满着理性的笔触，与梵高
的狂野，塞尚的色块都大为不同。修拉擅长画都市
中的风景画，也擅长将色彩理论套用到画作当中。

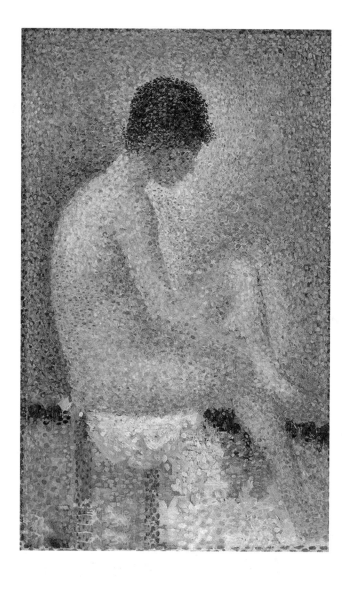

个可怕的消息，都哭了，以为再不会见到她。

一个多星期，门外李奶奶大叫："黄先生！黄先生！黑蛮的爹！"我们真不能相信，脸上青一块紫一块的李老奶奶又哈哈大笑地进了门："黄先生！哈哈哈！没事。就是脸摔得难看，真不好意思见人，等好了才能上街，你看！"

记得有一年夏天的一个下午，我找李可染不知什么事，中院没有，他客厅和画室都没有，便掀开西屋李老奶奶的布帘子，猛然见到李老奶奶光着身子坐在大木盆里洗澡，吓得我往外便跑，只听见李老奶奶大笑大叫地说："黄先生！来吃奶呀！别跑呀！"

大家在一起说到那天的狼狈时，李老奶奶指着可染说："他都是吃我的奶长大的，你害什么臊？"

可染先生的生活在那些年是很清苦的。一家许多人口，母亲、孩子们和妹妹，以及一些必须照顾的亲戚。没有特别的嗜好，不喝酒，不吸烟，茶要求不高，唯一享受是朋友的来访。饭食也很将就，全由自己的亲妹妹想做什么就吃什么。

他不想惹事。谨慎、小心，大胆子全用在画画上。

他讲笑话的本领恐怕不是所有人都知道的。他讲的笑话简练、隽永、含蓄。说的时候自己不笑，别人反应出来大笑时，他才跟着一起大笑。我在别的文章曾经引用的一则笑话，就是他说的：

"一个胆小鬼遇见蛇，大吃一惊；另一个朋友说：'有什么好怕？它又不是青蛙！'"

在拳头上画一个脸，包上小手绢当头巾，然后一动一动，像煞活生生一个可怕的小老太婆，也是他教我的。

我们一起在首都体育馆看日本大相扑，周恩来总理也在场，仪式十分隆重。只是我个人不太习惯彼此回合太短，匆忙而就，倒是准备动作太多。回家后谈到这种感想时，可染先生也非常同意，于是他离开椅子表演出来：

"你看，这么对面来个骑马式，怒目金刚，以为要动手了，忽然松下劲来，各人在竹箩里抓一把盐，那么撒，这么撒，东撒，西撒，撒过了，拿花扇子的人又唱起来，又是对面来个骑马式，又是怒目金刚，以为要动手了，拿花扇子的人高举起扇子，发出几次怪声，以为要扑上去了，哈！又松下劲来，又去抓盐……

"好不容易等到真扭在一起的时候，'哗'的一声，出线就完，不到三秒钟！"

他是一边笑得满脸通红，一边做出像极了的动作，比观看真相扑有意思万倍。

我有时给他来一段麒麟童、程砚秋、言菊朋的模拟表演，他也笑得喘不过气。

他是一个细腻的幽默家，可惜他很少有时间快乐。他真像他所崇拜的"牛"，像一头只吃青草出产精美牛奶的母牛。

在记忆中，仿佛没见过他责骂孩子。

说到孩子，他三个孩子都令我十分喜欢。

小可长大之后当解放军，矮小，结实。多少年没见了，一次在校尉营转角处见到一个雄壮的全身武装的解放军战士，叫了我一声"黄叔叔"，行了一个军礼。"啊！小宝！是你呀！小宝。"我感动极了，我紧紧地抱住了他，忘记了对解放军应该的严肃和尊敬。小宝的官名叫"李小可"，他可能希望大家都不再叫他的乳名。好吧！我，黄叔叔试着办吧！

小可复员之后，在北京画院成为一个继承父业的、有父风的画师，同时照顾着自己越来越老的父母。有一个孩子在身边总是好的。

小妹我们仍然叫她小妹。她比黑蛮大好几岁，黑蛮从几个月开始就得由她陪着玩，用一条浴巾把他兜起来，与另一个常家姐姐娅娅一人抓一个角，摇来摇去甩着玩，唱着好听的儿歌。多少年前，她是个激进派，报名参加"上山下乡"去了远远的甘肃。可染夫妇眼看着她一个女孩子扛着包袱走了。一去十来年。费尽了移山心力把小妹接了回来，已是一个大女孩。我们的心里为她的归来高兴得暗暗发抖。她就是我们当年的小姑娘，留着两根蓬蓬的大辫子、红通通的脸蛋、大声吵吵跳着"猴皮筋"的李珠。她的归来使老人说不出的高兴。

记得我1953年由香港回美院工作的时候，版画系那时候叫版画科，中国画系叫彩墨画科。因为这两个系当时都不太起眼，彩墨画科都是些老家伙，版画科只有很少的人员，便合在一起进行政治学习。天气热，外面有一块白杨树的绿荫，学习会便在室外举行。这一个学习组有李可染、李苦禅、王青芳、蒋兆和、叶浅予、黄均、刘力上和陆鸿年，还有李桦、王琦、陈晓南和我。

托儿所就在我们隔壁，孩子们也放出来在绿荫下活动，中间隔着一道活动的小栏杆。李珠那时在托儿所，她和所有孩子一样好奇地看着这一群老头子跟她的爸爸坐在一道。我刚从香港回来，穿着上可能让孩子们发现了一点什么新问题，一个孩子指着我说："这个小人穿一双小鞋。"

我听这句话几乎哭笑不得。我已经二十八岁，有妻子儿女的人，小什么？但比起他们的爸爸却的确小得多。幸好李珠给我解了围，她说："他是黄叔叔，黑蛮的爸！"

小弟官名"李庚"，在李家是最小的男孩。每礼拜只能见他一次，因为他是"全托"。小弟是最佩服崇拜我的孩子之一，跟我很亲。原因是我有一些他梦寐以求的、令他神往的东西：一部鲜红色的八十个低音键的意大利手风琴；一支双筒猎枪；一个立体镜；还有一部万用的电动小车床……一些记不起来的好玩的东西。再加上我大笑大叫，跟他们所有的爸爸都不一样，愿意在没事的时候跟他们玩，讲一些有趣的故事。只要我一暗示，他们就会奔跑过来。

他是个沙嗓子，连哭起来都沙。

忽然他长大了。我们相隔整整一部苦难的岁月——"文化大革命"。他"上山下乡"去了内蒙古。我也去过内蒙古，知道对于幼小的孩子是个怎么样的地方。但是他长大成人回来了。感谢上苍，还给我们一个如大沙漠如大苍穹似的心胸开阔无比的青年。

"我回来了，没有什么再苦得死我，难得死我。黄叔叔，什么都不用再说！"

他成为一个强者。祖上遗留的一副魁梧体魄，再加上马背和荒漠对他的锻炼。他越过父亲这一辈人逆来顺受的温良性格。懂事，但不乞求平安。他非常刻苦地画画，后来到日本去了。走之前，来看过我，问我有什么话。

"记住！"我说，"别让人知道你是李可染的儿子！"

"一定！"他说。

前几年我去了东京，他从大阪打来一个电话，问明白是我，他在电话里号啕大哭。他说："黄叔叔！来看我吧！"

我去了。小小的日本房间，说句见识浅陋的话，我一辈子没见过叠成满满一面墙的"速写簿"，滴水不进的一面墙。用了两三天时间，陪我玩透了大阪城，我们就分手了。

后来听说他去过很多地方，欧洲、美洲，画了许多速写。再不久，从可染先生处转来一本他展览会的场刊，见到好些张他的水墨近作时，我不免拊掌微笑起来："此李家之千里驹也!"

雄强、泼辣，满纸的快乐的墨色。乱七八糟的题字更增添了画面的力量，我喜欢之极。我更是想念他，像我自己的骨肉那么想念。现在不知他在哪里？你爸爸死了！你知道吗？你能回来吗？要赶快回来啊！小弟！你在哪里？

孩子们是我们的甜美，也是我们的悲伤；是我们的骨肉，我们的心。

说起"文化大革命"，过去了那么多年，排除了危难，你不能不说，"文化大革命"是一出非常有趣的戏剧。遗憾的是票价太贵。多少的光阴、生命、血、眼泪。

"文革"时期，我们被关在一起。

不知道是上帝还是魔鬼跟我们开这么大的玩笑，美术学院加上美术家协会托管的牛鬼蛇神总数，"天罡"、"地煞"，加起来恰好是梁山水浒好汉的一百单八。这有案可查，由不得你不信。

日子很不好过，劳累、痛苦、羞辱、恐惧，牵肠挂肚地思念家人和朋友……

美术学院从党委书记、副书记、党委委员，到教授、副教授、讲师，以及想象得出来的一些人，再加上一两个贪污犯，都成了牛鬼蛇神。其中贪污犯在里面最嚣张，是个依靠对象，俨然半个革命小将的味道。我们每天的"表现"全由他兴之所至地向"革命群众"汇报。

美术学院版画系长长的胡同两头一堵，装上木闸子，天生的监狱一所。

可染先生、苦禅先生我们可算得是难兄难弟了。五六年朝夕相处时间总是有的。写出所有的人的名单，就我眼前的记性看来是办得到的。但没有必要。

苦禅先生当得起是一个好汉，加上练功的底子，什么侮辱也压不倒他，什么担子他也挑得起。七十岁的老人，一举手，几百斤一铁车的垃圾一下子倒进了垃圾坑。若无其事。

可染先生不行。他从来没有经历过那么大的动荡，那么凶恶的迫害。一大家子人等着他料理照顾，他的确像毛泽东同志所说，是个"书生气十足"的人。他没招谁、惹谁。像苦禅先生和我都爱写点、说点俏皮话。可染先生可从来没有。他虽未达一心一意听党的话的程度，起码三分之二的程度是够格的，但也逃不过这个"劫数"。

鲁迅说过这么一些近似的话："工人当了工头，比原来的工头还毒！"这可是千真万确。

革命群众就是学生，学生就是管理我们的阎王。有一个形象长得像粒臭花生似的我的学生，连裤子都永远穿不好，挂在两条瘦腿上老像尿湿了似的丁零当啷，却是极为凶恶残暴，动不动就用皮带抽我们。身上挨抽，心里发笑："这样的贱种，平常日子，一只手也能悬他在树上！"

就是这一类中山狼使未经历过恐惧和欺诈的可染先生丧魂落魄。他已经高血压好多年了。命令他站起来说点什么的时候，连手臂、嘴皮都在颤抖，更别谈要他说得出话。我心里向着他，我心里向他呼叫："顶住啊，老头！怕不怕都是一样，一定不要倒下！"口里却不敢出声。我家里也有妻儿在等着我啊！

"牛棚"里，每天一人轮流值班到大厨房为大家打饭。牛鬼蛇神不准吃好菜，但米饭馒头倒是一样。馒头每个二两，吃三两的，就是一个半。那半个馒头由值班的负责将一个二两的馒头掰成两半。这件事，李可染一直做不来，发抖的手总是将两半馒头弄得一大一小，而且悬殊到当时觉得可怕现在觉得荒唐的程度。当然受到责骂。我有生以来第一次亲耳听到学生骂先生达到这样的高度："你人话也不会说一句；蠢驴掰馒头也比你掰得好！你个废物！"

过了两三天后，借劳动出勤的机会，可染先生问我可不可以给他用断锯条做一把切馒头的刀子，因为他知道我有机会参加一个修补破脸盆、破洋铁壶的工作。那些学院的工人跟我很要好。当然可以。当天下午，可染先生手上就有了一把锯条做成的、带漂亮竹手柄的小刀。多少年后，他还和我笑着提起这件事，我听了反而伤感起来。吴作人先生的钱包里至今还藏着一根当年我给他做的"挖耳勺"，已呈苍黄古老之色，这都是"同窗"的纪念品。

到了"文化大革命"末期，李可染、许幸之这几位老先生被指定为永远下乡落户到湖北农村生根的光荣户。校门口有小敲小打的锣鼓。这几位老画家面无人色，肩上居然还背着一个革命气味很浓的包袱，排成一列，肃立在伟大领袖毛主席石膏巨像前举起右手宣誓，大意是赌咒绝不再回北京，如何如何！于是就让那一丁点很不诚恳的锣鼓声送走了。

离别情绪在那时候等于尘埃。生死尚且如此，离别算个什么东西？自身命运决战迫在眉睫，谁又能判断出更好和更坏的结局呢？

新疆人宰羊放血，放了一只又一只，几十只羊集中在一个羊圈里，眼看着前一只同类被宰完，第二只自己就会乖乖地走到人的跟前躺了下来……

被宰割已经成为天性的时候，反抗和逃亡还有什么意义？

我们是人啊！

李可染这个画家是无愧于我们这个苦难的中国的。中国有了他，也光彩许多。

对于眼前的中国画家，在他们身上使用美好的形容词往往太过奢侈，紊乱了欣赏价值。

李可染画作上的成就是实实在在的。一是他画作的质量，二是他开展新局面的功绩。

长年辛勤地艺术劳动，在中国画上大胆施展浓墨，运用光和层次的可能性得到证明，启导和开发了美的新观念。（在我们这个时代，出现了两位这样重要的人，另一位就是傅抱石先生。傅先生把抽象和具体二者的关系结合得那么融洽，那么顺手，令我们得窥千年来绘画中所谓"意境"的殿堂。）

可染先生其实是有一种农民性格中的聪明和纯朴，勤劳是他的天性。作品因之显现出厚重的民族魂魄。所以，面对着他的作品时，就无法拒绝迎面袭来的道德感染。八大山人如此，石涛如此，傅山亦何尝不如此？

1953年我初到北京大雅宝胡同甲二号，可染先生夫妇是我们第一个相识的邻居。他的第一个南方写生画展，登在《新观察》杂志上，我荣幸地写出第一篇评介他的艺术创意的文章。不料三十几年回到香港后得到他逝世的噩耗。他对我的友谊和我对他的尊敬，令我在不方便回去祭奠的情况下，写一些往事作为纪念。

这是他生前几次希望我做的事。佩珠夫人会记得的。

望之俨然，即之也温

——我心中的汤用彤先生

乐黛云

汤老先生和老夫人在旧东单市场森隆大饭店请了两桌至亲好友，宣布我们结婚。毕竟汤一介是汤家长子啊！汤老先生和我的婆母要我们参加这个婚宴，但我认为这不是无产阶级家庭的做法，结婚后第一要抵制的就是这种旧风俗习惯。我和汤一介商量后，决定两个人都不去。这种行为现在看来确实很过分，一定很伤了两个老人的心。但汤老先生还是完全不动声色，连一句责备的话也没有。

我第一次近距离接触汤用彤先生是在 1952 年全校学生毕业典礼上。当时他是校务委员会主席，我是向主席献花、献礼的学生代表。由于我们是新中国成立后正规毕业的第一届学生，毕业典礼相当隆重，就在当年"五四"大游行的出发地——民主广场举行。当时全体毕业生做出一个决定，离校后，每人从第一次工资中抽出五毛钱，给新校址建一个旗杆。目的是希望北大迁到燕园时，学校的第一面五星红旗是从我们的旗杆上升起！毕业典礼上，我代表大家郑重地把旗杆模型送到了汤先生手上。如今，五十余年过去，旗杆已经没有了，旗杆座上的石刻题词也已漫漶，但旗杆座却还屹立在北大西门之侧。

就在这一年，我进入了汤用彤先生的家，嫁给了他的长子汤一介，他 1951 年刚从北大哲学系毕业。我们的婚礼很特别，即便是在五十年代初期，恐怕也不多见。当时，我希望我的同学们离校前能参加我的婚礼，于是赶在1952年9月结了婚。结婚典礼就在小石作胡同汤家的小院中。按照我们的策划，婚礼只准备了喜糖、花生瓜子和茶水。那是一个大四合院，中间的天井能容纳数十人。晚上八点，我的同班同学，共青团团委会的战友们和党委的一些领导同志都来了，气氛热闹活跃，如我所想。这是一个"反传统"的婚礼，没有任何礼仪，连向父母行礼也免了，也没有请父母或领导讲话。汤老先生和我未来的婆母坐在北屋的走廊上，笑眯眯地看着大家嬉闹。后来，大家起哄，让我发表结婚演说。我也没有什么"新娘的羞怯"，高高兴兴地发表了一通讲话。我至今还记得大概的意思是说，我很愿意进入这个和谐的家庭，父母都非常慈祥，但是我并不是进入一个无产阶级家庭，因此还要注意划清同资产阶级的界限。那时的人真是非常革命，简直是"左派幼稚病"！两位老人非常好脾气，丝毫不动声色，还高高兴兴地鼓掌，表示认同。后来，两位老人进屋休息，接着是自由发言，朋友们尽情哄闹，玩笑。大家说些什么我已不记得了，只记得汤一介的一个老朋友，闻一多先生的长公子闻立鹤玩笑开得越来越过分，甚至劝告汤一介，晚上一定要好好学习毛主席的战略思想，说什么"敌进我退""敌退我攻"之类，调侃之意，不言自明。我当即火冒三丈，觉得自己受了侮辱，严厉斥责他不该开这样的玩笑！大家看我认真了，都觉得很尴尬……我的婚礼就此不欢而散。我和汤一介怏怏不乐地驱车前往我们的"新房"。为了"划清界限，自食其力"，我们的"新房"不在家里，而是在汤一介工作的北京市委党校宿舍的一间很简陋的小屋里。

第二天，汤老先生和老夫人在旧东单市场森隆大饭店请了两桌至亲好友，宣布我们结婚。毕竟汤一介是汤家长子啊！汤老先生和我的婆母要我们参加这个婚宴，但我认为这不是无产阶级家庭的做法，结婚后第一要抵制的就是这种旧风俗习惯。我和汤一介商量后，决定两个人都不去。这种行为现在看来确实很过分，一定很伤了两个老人的心。但汤老先生还是完全不动声色，连一句责备的话也没有。

毕业后我分配到北大工作，院系调整后，汤老先生夫妇也迁入了宽敞的燕南园五十八号。校方认为没有理由给我再分配房子，我就和两位老人住在一起了。婆婆是个温文尔雅的人，她很美丽，读过很多古典文学作品和新小说，《红楼梦》和《金粉世家》都看了五六遍。她特别爱国，抗美援朝的时候，她把自己保存的金子和首饰大部分捐献出来，听说和其他北大教授的家属一起，整整捐了一架飞机。她从来不对我提任何要求，帮我们带孩子，分担家务事，让我们安心工作。我也不是不近情理的人，逐渐也不再提什么"界限"了。她的手臂曾经摔断过，我很照顾她。他们家箱子特别多，高高地摞在一起。她要找些什么衣服，或是要晒衣服，都是我帮她一个个箱子搬下来。汤老先生和我婆婆都是很有涵养的人，和他们相处那么多年，从来没见他俩红过脸。记得有一次早餐时，我婆婆将老先生平时夹馒头吃的黑芝麻粉错拿成茶叶末，他竟也毫不怀疑地吃了下去，只说了一句"今天的芝麻粉有些涩"！汤老先生说话总是慢条斯理的，从来不说什么重话。因此在旧北大，曾有"汤菩萨"的雅号。这是他去世多年后，学校汽车组一位老司机告诉我的，他们一直怀念他的平易近人和对人的善意。

汤老先生确实是一个不计较名位的人。像他这样一个被公认为很有学问，曾经在美国与陈寅恪、吴宓并称"哈佛三杰"的学者，在院系调整后竟不让他再管教学科研，而成为分管"基建"的副校长。那时，校园内很多地方都在大兴土木。在高低不平、尘土飞扬的工地上，常常可以看到他提着手杖的缓慢脚步和不高的身影。他自己并不觉得这有什么屈才或不光彩，他常说事情总需要人去做，做什么都一样。

可叹这样平静的日子也并不长。阶级斗争始终连绵不断。1954 年，在《人民日报》组织批判胡适的那个会上，领导要他发言。他这个人是很讲道德的，不会按照领导意图跟着别人讲胡适什么坏话，但可能他内心很矛盾，也很不安。据当时和他坐在一起的当年哲学系系主任郑昕先生说，晚餐时，他把面前的酒杯也碰翻了。他和胡适的确有一段非同寻常的友谊。当年，他从南京中央大学去北大教书是胡适推荐的。胡适很看重他，新中国成立前夕，胡适飞台湾，把学校的事务委托给担任文学院院长的他和秘书长郑天挺。《人民日报》组织批判胡适，对他的打击很大，心理压力也很大。当晚回到家里，他就表情木然，嘴角也有些歪了。如果有些经验，我们应该当时就送他上医院，但我们都以为他是累了，休息一夜就会好起来。没想到第二天他竟昏睡不醒，医生说这是大面积脑溢血！立即送到协和医院。马寅初校长对他十分关照，请苏联专家会诊，又从学校派了特别护士。他就这样昏睡了一个多月。

这以后，他手不能写，腿也不能走路，只能坐在轮椅上。但他仍然手不释卷，总在看书和思考问题。我尽可能帮他找书，听他口述，然后笔录下来。这样写成的篇章，很多收集在他的《短剑札记》中。

这段时间，有一件事对我影响至深。汤老先生在口述中，有一次提到《诗经》中的一句诗："谁生厉阶，至今为梗。"我没有读过，也不知道是哪几个字，更不知道是什么意思。他很惊讶，连说，你《诗经》都没通读过一遍吗？连《诗经》中这两句常被引用的话都不知道，还算是中文系毕业生吗？我惭愧万分，只好说我们上大学时，成天搞运动；而且我是搞现代文学的，老师没教过这个课。后来他还是耐心地给我解释，"厉阶"

就是"祸端"的意思，"梗"是"灾害"的意思。这句诗出自《诗经·桑柔》，全诗的意思是哀叹周厉王昏庸暴虐，任用非人，人民痛苦，国家将亡。这件事令我感到非常耻辱，从此我就很发奋，开始背诵《诗经》。那时，我已在中文系做秘书和教师，经常要开会，我就一边为会议做记录，一边在纸页边角上默写《诗经》。直到现在，我还保留着当时的笔记本，周边写满了《诗经》中的诗句。我认识到作为一个中国学者，做什么学问都要有中国文化的根基，就是从汤老的教训开始的。

1958年我被划为极右派，老先生非常困惑，根本不理解为什么会这样。在他眼里，我这个年轻小孩一向那么革命，勤勤恳恳工作，还要跟资产阶级家庭划清界限，怎么会是右派呢？况且我被划为右派时，反右高潮早已过去。我这个右派是1958年2月最后追加的。原因是新来的校长说反右不彻底，要抓漏网右派。由于这个"深挖细找"，我们中国文学教研室新中国成立后新留的十个青年教师，八个都成了右派。我当时是共产党教师支部书记，当然是领头的，就成了极右派。那时我正好生下第二个孩子，刚满月就上了批斗大会，几天后快速定案。在对右派的六个处理等级中，我属于第二类：开除公职，开除党籍，立即下乡接受监督劳动，每月生活费十六元。

汤老先生是个儒雅之士，哪里经历过这样急风暴雨的阶级斗争，而且这斗争竟然就翻腾到自己的家里！他一向洁身自好，最不愿意求人，也很少求过什么人。这次，为了他的长房长孙——我的刚满月的儿子，他非常违心地找了当时的学校副校长江隆基，说孩子的母亲正在喂奶，为了下一代，能不能缓期去接受监督劳动。江隆基是 1927 年入党的，曾经留学德国，是一个很正派的人。他同意让我留下来喂奶八个月。后来他被调到兰州大学当校长，"文化大革命"中受迫害上吊自杀了（也有说是被谋杀的）。我喂奶刚满八个月的那一天，下乡的通知立即下达。记得离家时，汤一介还在黄村搞"大跃进"，未能见到一面。趁儿子熟睡，我踽踽独行，从后门离家而去。一回头，看见汤老先生隔着玻璃门，向我挥了挥手。

我觉得汤老先生对我这个"极右媳妇"还是有感情的。他和我婆婆谈到我时曾说："她这个人心眼直，长相也有福气！"1962 年，回到家里，每天给汤老先生拿药送水就成了我的第一要务。这个阶段有件事，我终生难忘。那是 1963 年的五一节，天安门广场举办了盛大的游园联欢活动，集体舞跳得非常热闹。那是个复甦的年代，"大跃进"的负面影响逐渐成为过去，农村开始包产到户，反右斗争好像也过去了，国家比较稳定，理当要大大地庆祝一下。那时毛主席很高兴，请一些知识分子在五一节晚上到天安门上去观赏焰火、参加联欢。汤老先生也收到了观礼的请帖。请帖上注明：可以带夫人和子女。汤老先生就考虑，是带我们一家呢，还是带汤一介弟弟的一家？当时我们都住在一起，带谁去都是可以的。汤老先生是一个非常细心的人，他当时可能会想，如果带了弟弟一家，我一定会特别难过，因为那时候我还是个"摘帽右派"。老先生深知成为"极右派"这件事是怎样深深地伤了我的心。在日常生活中，甚至微小的细节，他也尽量避免让我感到受歧视。两老对此，真是体贴入微。我想，正是出于同样的考虑，也许还有儒家的"长幼有序"吧。最后他决定还是带我们一家去。于是，两位老人，加上我们夫妇和两个孩子，一起上了天安门。那天晚上，毛主席过来跟汤老先生握手，说他读过老先生的文章，希望他继续写下去。毛主席也跟我们和孩子们握了握手。我想，对于带我上天安门可能产生的后果，汤老先生不会完全没有预计，但他愿意冒这个风险，为了给我一点内心的安慰和平衡。回来后，果然有人写匿名信，指责汤老先生竟然把一个右派分子带上了天安门，带到了毛主席身边！万一她说了什么反动话，或是做了什么反动事，老先生能负得起这个责任吗？这封信，我们也知道是谁所写，其他人不可能反应如此之快，但老先生不置一词，泰然处之，好像一切早在预料之中。

不幸的是，老先生的病情又开始恶化了。1964年孟春，他不得不又一次住进医院。那时，汤一介有胃癌嫌疑，正在严密检查，他的弟媳正在生第二个孩子，不能出门。医院还没有护工制度，"特别护士"又太贵。陪护的事，就只能由婆婆和我来承担。婆婆日夜都在医院，我晚上也去医院，替换一下婆婆，让她能略事休息。记得那个春天，我在政治系上政论文写作，两周一次作文。我常常抱着一摞作文本到医院去陪老先生。他睡着了，我改作文，他睡不着，就和他聊一会儿天。他常感到胸闷，有时憋气，出很多冷汗。我很为他难过，但完全无能为力。在这种时候，任何人都只能单独面对自己的命运！就这样，终于来到了1964年的五一劳动节。那天，阳光普照，婆婆起床后，大约六点多钟，我就离开了医院。临别时，老先生像往常一样，对我挥了挥手，一切仿佛都很正常。然而，我刚到家就接到婆婆打来的电话。她号啕大哭，依稀能听出她反复说的是："他走了！走了！我没有看好他！他喊了一句五一节万岁，就走了！"汤老先生就这样，平静地，看来并不特别痛苦地结束了他的一生。

过去早就听说汤老先生在北大开的课，有"中国佛教史""魏晋玄学""印度哲学史"，还有"欧洲大陆哲学"。大家都说像他这样能够统观中、印、欧三大文化系统的学者真少有。和汤老先生告别十七年后，我有幸来到了他从前求学过的哈佛大学。我把汤老先生在那里的有关资料找出来看了一遍，才发现他在哈佛研究院不仅研究梵文、佛教、西方哲学，还对"比较"特别是对西方理论和东方理论的比较，有特殊的兴趣。汤老先生在美国时，原是在另一所大学念本科，是吴宓写信建议他转到哈佛的。他在哈佛很受著名的比较文学家白璧德的影响，在哈佛上的第一堂课就是比较文学课。吴宓和汤老先生原是老朋友，在清华大学时就非常要好，还在一起写过一本武侠小说。我对他这样一个貌似"古板"的老先生也曾有过如此浪漫的写小说情怀很觉惊奇！白璧德先生是比较文学系的系主任，是这个学科和这个系的主要奠基人，对中国文化特别是儒家十分看重。在他的影响下，一批中国的青年学者开始在世界文化的背景下，重新研究中国文化。汤老先生回国后，就和吴宓等一起组办《学衡》杂志。现在看来，在五四新文化运动中，激进派与"学衡"派的分野就在于，一方要彻底抛弃旧文化，一方认为不能割断历史。学衡派明确提出了"昌明国粹、融化新知"的主张。汤老先生那时就特别强调古今中外的文化交汇，提出要了解世界的问题在哪里，自己的问题在哪里；要了解人家的最好的东西是什么，也要了解自己最好的东西是什么；还要知道怎么才能适合各自的需要，向前发展。他专门写了一篇《评近人之文化研究》来阐明自己的主张。研究"学衡派"和汤老先生的学术理念，是我研究比较文学的一个起点。

正是从这一点出发，我认为中国的比较文学同西方的比较文学是不一样的。西方的比较文学在课堂中产生，属于学院派；中国的比较文学却产生于时代和社会的需要。无论是五四时期，还是八十年代，中国知识分子都是从自己的需要出发向西方学习的。中国比较文学就产生于这样的中西文化交流之中。事实上，五四时期向西方学习的人，都有非常深厚的中国文化底蕴，像吴宓、陈寅恪、汤用彤和后来的钱锺书、宗白华、朱光潜等，他们都懂得怎样从中国文化出发，应该向西方索取什么，而不是"跟着走""照着走"。

汤老先生离开我们已经半个世纪，他的儒家风范，他的宽容温厚，始终萦怀于我心中，总使我想起古人所说的"即之也温"的温润的美玉。记得在医院的一个深夜，我们聊天时，他曾对我说，你知道"沉潜"二字的意思吗？沉，就是要有厚重的积淀，真正沉到最底层；潜，就是要深藏不露，安心在不为人知的底层中发展。他好像是在为我解释"沉潜"二字，但我知道他当然是针对我说的。我本来就习惯于什么都从心里涌出，嘴里说出，没有深沉的思考；又比较注意表面，缺乏深藏的潜质。当时我又正处于见不到底的"摘帽右派"的深渊之中，心里不免抑郁。"沉潜"二字正是汤老先生对我观察多年，经过深思熟虑之后，给我开出的一剂良方，也是他最期待于我的。汤老先生的音容笑貌和这两个字一起，深深铭刻在我心上，将永远伴随我，直到生命的终结。

失画忆西行

刘心武

  冯牧和京剧"四大名旦"的程砚秋关系很不一般,有说在冯牧投奔延安之前,程是收过他为弟子的,程去世前,冯牧虽然供职于文学界,也还是常去与程探讨京剧表演艺术的。

2013 年 6 月 10 日"笔会"上刊出了宗璞大姐《云在青天》一文，记叙了她迁离居住了六十年的北京大学燕南园的情况和心情。我读后即致电新居的她，感叹一番。顺便告诉她，我 1981 年为庆祝她生日所绘的水彩画，于 4 月出现在北京的一个拍卖会上。她说已经有人先我报告她了。她觉得非常遗憾。她说一直允诺我要终生保留那幅小画，但迁居时她一个几近失明的老人，只能是被动地由年轻人扶持转移，哪有清点所有物件的能力？而年轻人对那三松堂中大量的字纸，又哪有心思和时间逐一鉴别？据说现在专有一种搞收藏的达人，盯住文化名人居所，以略高于废品的价格从收垃圾的人那里打包买下所有弃物，然后细心检视，多会大有收获。往往一处文化名人迁居不久，北京潘家园旧货市场就会有其便笺售卖，而有的拍卖会上，也就会出现相关的字画手稿函件，网上也会出现拍卖的讯息。从三松堂流失出现于拍卖会的，不只是我那幅水彩画，还有宗璞自己的手稿，甚至还有宗璞父亲冯友兰先生写给一位名为广洲者的亲笔信。宗璞大姐在《云在青天》一文最后写道："我离开了，离开了这承载着我大部分生命的地方；我没有回头，也没有哭。"我们通电话时，她感叹之后依然是旷达淡定。我也说，那幅三十多年前给她庆生的水彩画，有人收藏也好，我就再画一幅给她吧。

那幅水彩画上写明了绘制的时间和地点，是1981年7月26日在兰州。怎么会是在兰州？原来，那年夏天，应甘肃方面邀请，冯牧带着公刘、宗璞、谌容和我一起先到兰州，然后顺河西走廊一直游到敦煌采风。冯牧（1919—1995）那时在中国作家协会主事，是杰出的文学创作组织者、文学评论家和散文家。上世纪初，他在云南昆明军区任职，培养扶植了一批在全国产生影响的军旅诗人、小说家，公刘（1927—2003）就是其中的一位。宗璞比公刘小一岁。谌容是1936年出生的，我是1942年出生的。我们这一行，是个由二十世纪10后、20后、30后、40后组成的梯队，正是改革开放初期文坛新老汇聚、文人相亲的一个缩影。

西行列车上，大家随意闲聊。我淘气，用一张四开白纸临时绘制了一幅西行游戏图，轮流翻书，以所显现的页码最后一位数，来用硬币走步，所停留的位置，可能是勒令后退几步，也可能是获准跃进几步，有时还会附加条件，如"念佛三声可再进三步，若拒绝则退回原位"，宗璞曾到达此位，她双手合十念三遍阿弥陀佛，乐得跃进，但冯牧对我发起的游戏很不以为然，总得我一再敦促他才勉强应付，但说来也怪，大家只玩了一次，却是冯牧最先抵达终点敦煌。一路上也讨论文学，那时候西方现代派文学的信息涌进国门，朦胧诗，小说中的意识流、时空交错、荒诞变形、黑色幽默，都引起创作者很大的兴趣，王蒙带头在其小说里实验，我和谌容等也有所尝试，但冯牧却对热衷借鉴西方现代派手法"不感冒"。有的老作家，我总觉得是因为长期闭塞，所以排拒相对而言是新颖的事物，他们的反对声音，我只当耳旁风。冯牧在青年时期就接触到西方现代派文化，他父母曾在巴黎生活，父亲是翻译家，他自己具有英文阅读能力，涉猎过乔伊斯《尤利西斯》、伍尔芙《海浪》、艾略特《荒原》等的原版，他对当代作家过分迷恋西方现代派给予降温劝告，是建立在"知己知彼"的理性基础上的，因此，对于他的意见和建议，我就非常重视。他对我说过，西方古典主义追求精准描摹，现代派则崇尚主观印象，其实中国传统艺术的大写意，也是很重要的美学资源。

我知道冯牧和京剧"四大名旦"的程砚秋关系很不一般，有说在冯牧投奔延安之前，程是收过他为弟子的，程去世前，冯牧虽然供职于文学界，也还是常去与程探讨京剧表演艺术的。就在我认识冯牧以后，还发现如今当红的程派表演艺术家张火丁，出入冯家向他讨教如何突破《锁麟囊》唱腔中的难点。冯牧的审美趣味是高尚的，他对人类文明中的新事物是抱积极了解、乐于消化的态度的。1987年秋天，我访问美国70天返京，到他家拜访，他知我在美国特意参观了一些体现后现代"同一空间中不同时间拼贴"的建筑，比如位于圣迭戈的购物中心和萨尔克生物研究所建筑群，便让我详细形容，他听得非常仔细，还和我讨论了这种"平面化拼贴化"的手法如果运用到小说结构里会产生什么正面或负面的效应。我很感激在同他相识的十几年里，他点点滴滴给予我的熏陶滋养。我们当然也有分歧。西行后的几年，他对我的长篇小说《钟鼓楼》是肯定的，对中篇小说《立体交叉桥》就认为不够明亮，而我自己却始终自信《立体交叉桥》相对而言，是我小说中最圆熟的一部佳构。在兰州我也为冯牧画了一幅铅笔素描，画完还扭着他非要他签名，谌容看了说："人家是个美男子。你画成个平庸男了。"这幅画现在还在。曾在整理旧画作时又端详过，并且心头飘过一个疑问：何以有那么多女子喜欢甚至不避嫌疑地公开追求冯牧？而冯牧为什么终于一个也不接纳？冯牧作为美男子，并非柔媚型，他中学时夺得过仰泳冠军，我结识他时他已年近花甲，既阳刚也儒雅，确实有魅力。可惜他走得早了些。他仙逝后，我到他家，送去一幅水彩画以为祭奠，大哭一场。

那次西行，公刘给我的印象是非常之端庄、整洁、理性。我总以为诗人应该都是把浪漫形于外的，不修边幅，思维跳跃，言谈无忌，公刘却大异其趣。我和他谈《阿诗玛》，那部撒尼族民间长诗，最早的采风及整理，他都是参与的。一听要谈《阿诗玛》，他立刻郑重申明，大家看到的那部拍摄于1964年的《阿诗玛》电影，和他一点关系也没有。他确实遇到过太多的那种询问："电影《阿诗玛》的剧本是你写的吧？"他必得费番唇舌才能解释清楚。但是对于我来说，他不用解释。我读过他于1956年写出并刊发在《人民文学》上的电影文学剧本《阿诗玛》，真是云霞满纸，诗意盎然，而且极富视觉效应。读时甚至有种冲动：我要能当导演把它拍出来该多过瘾！又放诞坦言："1964上海电影制片厂拍成的那个《阿诗玛》，只是有两首歌还好听，反面人物极度夸张，场面不小却诗意缺席，我是不喜欢的！现在创作环境大好，应该把你那个剧本拍出来，让观众不是被说教而是沉浸在人性善美的诗意里！"公刘听了先是惊讶，后来觉得我确实不是庸俗恭维，而是真心激赏他那个只刊登于杂志未拍成电影的文学剧本，又很高兴。他说："二十五年后得一知音也是人生幸事。"我说要给他画像，画出诗人气质，他微笑，那微笑是觉得我狂妄但可宽恕吧。画成后，我要他在我的画上签名，他依然微笑，那微笑是坚定的拒绝。后来他的同代人告诉我，公刘很早就形成了一个习惯，绝不轻易留下自己的笔迹，而且总是及时销毁不必存留的字纸。西行后我们多次见面交流。2003年他在合肥去世。画公刘的那幅《诗潮》，我一直保留至今。

谌容虽然比我大几岁，但我从未对她以姊相称，因为就步入文坛而言，我们算是一茬的。谌容于我，有值得大感谢处。我发表《班主任》以后，暴得大名，在各种场合出现时，多有人责怪我骄傲自满，我也确实有志满意得的流露吧，检讨、收敛都是必修的功课，但有时也深感惶恐，不知该如何待人接物才算得体，颇为狼狈。有次当时的业余作者聚会，谌容为我辩解："我写小说的，看得出人的内心，心武不能主动跟人握手，生人跟他说话，他一时不知该怎么应答，种种表现，其实，都不过是面嫩，不好意思罢了！"她的这个解围，也真还缓解了一些人对我的误解。我呢，也有值得谌容小感谢之处。谌容始终把自己的姓氏定音为"甚"，但若查字典，这个姓氏的发音必须是"陈"，某位著名的文学评论家就坚持称她为"陈容"，并且劝说她不要再自称"甚容"，而谌容绝不改其自我定音，我就在一次聚会时说，我们四川人就把姓谌的说成姓"甚"的，我有个亲戚姓谌，我就一直唤她"甚嬢嬢"，后来都在北京，还是唤她"甚嬢嬢"，应该是字典上在谌字后补上也发"甚"的音，而不应该让谌容自己改变她姓氏的发音。字典大概在谌字注音上始终无变化，但后来在文坛上，绝大多数人提起她发音都是"甚容"，再无人站出来去"纠正"了，如今从网络上查谌字，则已经注明作为姓氏发音为"甚"。谌容走上文坛的经历十分曲折。但自从1979年她的中篇小说《人到中年》在《收获》刊发，并于1980年获得全国优秀中篇小说奖项后，一路顺风，有人戏称她是"得奖专业户"。那次西行，我俩也言谈甚欢。记得我偶然聊起，说"鼻酸"这个词不错，她的反应是："什么鼻酸？依我看，要么坚决不悲伤，要么就号啕大哭！"我想这应该是她天性的流露。十四年前，她在恩爱夫君范荣康去世后不久，又遭遇大儿子梁左猝死的打击。从此不见她有作品面世，也不见有信息出现于传媒。她淡出了文坛。也许，她是大彻大悟，把文学啊名利啊什么全看破，在过一种"雪满山中高士卧"的神仙般生活；也许，她竟是在埋头撰写流溢自内心深处的篇章，将给予我们一个"月明林下美人来"的惊喜。

　　人生就是外在物件不断失去的一个流程。我给宗璞大姐的那幅贺生画的流失实在算不得什么。但人生也是努力维系宝贵忆念的一个心路历程。失画忆西行，我心甚愉悦。

　　　　　　　　　2015 年 11 月 13 日　绿叶居

蝉 蜕 —— 忆 顾 城

王安忆

　　在北岛终于安顿下来的香港的家中，壁上有一幅字，写的是"鱼乐"两个字。北岛让我猜是谁的字，我猜不出，他说：顾城！想不到那软软的小身子，永远不愿长大的小身子，能写下力透纸背、金石般的笔画，一点不像他，可就是他。人们都将他想得过于纤细，近乎孱弱，事实却未必。他蜕下的那个蝉衣，也许还是一重甲，透明的表面底下，质地是坚硬的，坚硬到可以粉碎肉身。

蝉蜕——忆顾城

　　北岛嘱我写顾城，纪念纪念他。一转瞬，顾城他已经走了二十年。二十年的时间，正是从青年到中年，倘若活着，应是向晚的年纪，而如今，留在记忆中的，还是大孩子的形貌。不知道老了的顾城会是什么模样，要是小去二十年，却能想得出来。

　　顾城的父母与我的父母是战友兼文友，尤其是他父亲诗人顾工，常到我家来。"文革"期间，带来他在上海的堂妹，顾城应该称表姑的。巧的是，这一位亲戚与我们姐妹同在安徽一个县份插队落户，那个县名叫五河。后来我离开了，我姐姐则招工在县城，顾家妹妹凡进城都会上我姐姐处休整休整，过年回沪，也要聚，之间的往来一直持续到现在。所以，要这么排，我又可算在顾城的上一辈里去。事实上，这些关系最终都烂在一锅里，结果还是以年龄为准则，又因相近的命运和际遇，与顾城邂逅在八十年代末。

之前我并未见过顾城，他父亲虽为熟客，双方的儿女却没有参与大人的社交。我母亲见过顾城，仿佛是在北京，诗人顾工招待母亲去香山还是哪里游玩，顾城也跟着。顾工带了一架照相机，印象中，他喜欢拍照，在那个时代拥有一架照相机也是稀罕的。有一回到我们家，进门就嚷嚷着要给我们拍照，不知哪一件事情不遂意，我当场表示拒绝，结果被母亲叱责一顿，硬是照了几张。奇怪的是，尽管出于不情愿，又挨骂，照片上的我竟也笑得很开怀，厚颜得很。顾城出事以后，母亲感慨地想起，那一次出游，父亲让儿子给大家照合影，那孩子端着照相机的情形。小身子软软的，踮起脚，极力撑持着从镜头里望出去。那小身子早已经灰飞烟灭不知何乡何野，他的父亲亦一径颓然下去，度着几近闭关的日子。原来是个何等兴致盎然的人啊！做儿女的令人齿寒，全不顾生你养你的血亲之情，一味任性。再有天赋异秉，即投生人间，就当遵从人情之常。

贾宝玉去做和尚，还在完成功业之后，并且向父亲三叩谢恩。哪吒如此负气，也要最后喊一声：爹爹，你的身子我还给你！而顾城说走即走，没有一点回顾，天才其实是可怕的。

曾有一回听顾城讲演，是在香港大学吧，他有一个说法引我注意，至今不忘。他说，他常常憎恶自己的身体，觉得累赘，一会儿饿了，一会儿渴了。当时听了觉得有趣，没想到有一日，他真的下手，割去这累赘。不知脱离了身体的他，现在生活得怎样？又在哪一度空间？或者化为另类，在某处刻下如何的一部"石头记"？

二十年的时间，在大荒山无稽崖青埂峰下，一眨眼都不到，尘世间却是熙来攘往，纷纷扰扰，单是诗歌一界，就有几轮山重水复。我不写诗，也不懂诗，感兴趣的只是人。人和人的不同是多么奇妙，有的人，可将虚实厘清，出入自如，我大约可算作这类；而另一类，却将实有完全投入虚无，信他所要信的，做也做所信的，从这点说，对顾城的责备又渐渐褪去，风轻云淡。他本来就是自己，借《红楼梦》续者高鹗所述，就是来"哄"老祖宗的小孩子，闯进某家门户，东看看，西看看，冷不防拔腿逃出去，再不回头。这一淘气，"哄"走的可是寻常父母的命根子。

我与顾城遇见的记忆有些混淆，总之1987年，是5月在德国，中国作家协会代表团访德，他单独受德国明斯克诗歌节邀请；还是后几个月秋冬季节的香港，他和妻子谢烨从德国直接过来举办诗歌讲演，我则在沪港交流计划中。不论时间前后，情景却是清晰和生动的。那是他第一次出国，经历颇为笑人，方一下飞机，时空倒错，不免晕头晕脑，踩了人家的脚，对人说"thank you"，然后，接机的到了，替他搬运行李，他说"sorry"。其时，顾城在北京无业，谢烨从上海街道厂辞职，就也是无业。八十年代，许多问题，如就业、调动、夫妻两地分居的户籍迁移，都是难以逾越的关隘，一旦去国，便从所有的限制中脱身，麻烦迎刃而解。没有户籍之说，夫妻能够团聚，至于就业，看机会吧，顾城这样新起的诗人，正吸引着西方的眼睛。单是诗歌节、文学周、写作计划、驻校驻市作家专案，就可接起趸来。当年张爱玲移居海外，不就是靠这些计划安下身来，站住脚跟，再从长计议？不仅生计有许多出路，身份地位也有大改观。所以，看得出来，顾城谢烨既已出来，就不像打算回去的样子了。就在旅途中，谢烨怀孕了。

谢烨长得端正大方，因为即将要做母亲，就有一种丰饶、慵懒的安宁和欣悦，地母的人间相大约就是像她。有一回我们同在洗手间，聊了一会儿，像洗手间这样私密的空间，人与人自然会生出亲切的心情。她在镜前梳头发，将长发编成一条长辫，环着头顶，盘成花冠。这个发式伴随她一生，短促的一生。这发式让她看起来不同寻常，既不新潮，又远不是陈旧，而是别致。我问她原籍什么地方，她听懂我的问题，一边编辫子，一边说：反正，南方人也不认我，北方人也不认我——这话说得很有意思，她真是一个无人认领的小姑娘，就是她自己，跟了陌生的人走进陌生的生活。那时候，一切刚刚开始，不知道怎样的危险在前面等待，年纪轻轻，憧憬无限。

生活突然间敞开了，什么都可以试一试，试不成再来。具体到每一人每一事，且又是漂泊不定。在香港，正逢邓友梅叔叔（时任中国作家协会外联部主任）率代表团访港，汪曾祺老从美国爱荷华写作计划经港回国，还有访学的许子东，开会的吴亮、顾城夫妇、我，全中途加盟，纳入代表团成员，参加活动。倘没有记错，代表团的任务是为刚成立的中国作协基金会化缘，接触面很广泛，政界商界、左派右派、官方私交，我们这边的作家色彩越丰富越好，也是时代开放，颇有海纳百川的气势。团长很慷慨地给我们这些临时团员发放零用钱，虽然不多，可那时外汇紧张，大家的口袋都很瘪，自然非常欢迎。在我们，不过是些闲资，用来玩耍，于顾城却有生计之补。不是亲眼看见，而是听朋友描绘，顾城向团长请求：再给一点吧！好像纠缠大人的小孩子。

一直保留一张夜游太平山的照片，闪光灯照亮人们的脸，背景却模糊了，绰约几点灯火，倒是显出香港的蛮荒，从大家吹乱的头发里，看见狂劲的风和兴奋的心情。顾城戴着他那顶牧羊人的帽子，烟囱似的，很可能是从穿旧的牛仔裤裁下的一截裤腿，从此成为他的标志。帽子底下的脸，当然不会是母亲印象中，小身子很软的男孩，而是长大的，还将继续长大，可是终于没有长老，在长老之前，就被他自己叫停了，此时正在中途，经历着和积累着生活的，一张脸！如果不发生后来的事情，就什么预兆没有，可是现在，布满了预兆。仿佛彼得·潘，又仿佛《铁皮鼓》里的那个不愿意长大的孩子。到处都是，而且从古至今，几乎是一种普遍的愿望，及早知道人世的艰困，拒绝进入。生存本就是一桩为难事，明明知道不可躲避终结，一日一日逼近，快也不好，慢呢？谁又想阻滞而不取进，所以也不好；没希望不行，有希望又能希望什么？暂且不说这与生俱来的虚无，就是眼前手边的现实，如我们这一代人身陷的种种分裂和变局，已足够让人不知所措——顾城选择去国，是为从现实中抽离，岂不知抽离出具体的处境，却置身在一个全局性意义的茫然中，无论何种背景身份都脱逃不出的。抽离出个体的遭际，与大茫然裸身相向，甚至更加不堪。从某种程度说，现实是困局，也是掩体，它多少遮蔽了虚无的深渊。我想，顾城他其实早已窥视玄机，那就是"黑夜给了我黑色的眼睛，我却用它寻找光明"。他睁着一双黑眼睛，东走走，西走走。有时在酒店，有时在大学宿舍楼，有时在计划项目提供的公寓，还有时寄居在朋友家中……在一个诗人忧郁的感受里，这动荡生活本身和隐喻着的，必将得到两种方式的处理，一种是现实的，另一种是意境的，这两者之间的关系如何平衡？抑或停留在心理上，终至安全；抑或滚雪球似的，越滚越大，不幸而挑战命运。

后来，听说他们定居在新西兰的激流岛上。这一个落脚之地，倘不是以那样惨烈的事故为结局，将会是美丽的童话，特别适合一个戴着牧羊人帽子的黑眼睛的彼得·潘，可童话中途夭折，令人扼腕，同时又觉得天注定，事情在开始的时候就潜藏危机。这个岛屿不知怎么，让我总觉得有一些不自然，似乎并非从实际需要出发，更像出于刻意，刻意制造一种人生，准确地说，是一种模型。所以，不免带有虚拟的性质，沙上城堡怎么抵得住坚硬的生活。

1992年初夏，我到柏林文学社作讲演，顾城和谢烨正在柏林"作家之家"一年期的计划里，那几日去荷兰鹿特丹参加诗歌节，回来的当晚，由一群大陆留学生带路到我住处玩。房间没有多余的椅子，大家便席地坐成一个圈，好像小朋友做游戏，气氛很轻松。

当问起他们在激流岛上的情形，我深记得谢烨一句话，她说：在现代社会企图过原始的生活，是很奢侈的！从天命的观念看，谢烨就是造物赠给顾城的一份礼物，那么美好，聪慧，足以抗衡的想象力，还有超人的意志恒心。对付天才，也是需要天分的。可这个不肯长大的孩子，任性到我的就是我的，宁愿毁掉也不能让，就这么，将谢烨带走了。许多诗人，过去有，现在有，将来还有，都落入顾城的结局，简直可说是哲学的窠臼，唯有这一个，还饶上一个，这就有些离开本意，无论是旧论还是新说，都不在诗歌的共和精神，而是强权和暴力。然而，我终究不忍想顾城想得太坏，我宁可以为这是蛮横的耍性子，只不过，这一回耍大发了，走得太远，背叛了初衷。

回到那一晚上，谢烨说出那句深明事理的话，却并不意味着她反对选择激流岛。倘若我们提出一点质疑，比如关于他们的儿子木耳，顾城有意将其隔绝于文明世界，后来，也可能就在当时已经证明，只是不愿承认，这不过是一种概念化的理想，完全可能止步于实践—讨论中，谢烨是站到顾城的立场，旗帜相当鲜明。于是，又让人觉得，虽然谢烨认识到做起来困难，但同时也有成就感，为他们在岛上的生活骄傲。

当事人均不在场了，我们必须慎重对待每一点细节。所有的细节都是凌乱破碎的片段，在反复转述中组织成各式版本，越来越接近八卦，真相先是在喧哗，后在寂寞中淡薄下去。也许事情很简单，最明智的办法是不做推测，也不下判断，保持对亡者尊敬。

那个让顾城感到累赘的身子早已摆脱，谢烨也是属这累赘的身子里面的物质的一种吗？长期的共同生活，也许真会混淆边界，分不清你我。这累赘脱去，仿佛蝉蜕，生命的外壳，唯一可证明曾经有过呼吸。那透明、薄脆、纤巧，仔细看就看出排序有致的纹理，有些像诗呢，顾城的诗，没有坠人地活着，如此轻盈，吹一口气，就能飞上天。

还是在那个柏林的初夏，我去"作家之家"找顾城和谢烨。

说实话，他们的故事迷住了我，那时候我也年轻，也感到现实的累赘，只是没有魄力和能耐抽身，还因为——这才是决定因素，将我们与他们分为两类物种，那就是常态性的欲望，因此，无论他们的故事如何吸引人，我们也只是隔岸观火。香港《明报》月刊约我撰稿人物特写，我想好了，就写顾城，后来文章的名字就叫

《岛上的顾城》。我至今也没有去过那个岛，所有的认识都来自传说，即便是顾城自己的讲述，如今不也变成传说之一？我沿着大街拐入小街，无论大街小街，全是鲜花盛开，阳光明媚。电车铛铛驶过，被我问路的夫人建议我搭乘两站电车，可我宁愿走路。走在远离家乡的美景里，有种恍惚，仿佛走在奇迹里，不可思议，且又得意。若多年以后，我再来到柏林，不知季候原因，还是年岁使心境改变，这城市褪色得厉害，它甚至是灰暗的。

　　我已经在那篇《岛上的顾城》中细述造访的情形，有一个细节我没写。当我坐下，与顾城聊天，谢烨随即取出一架小录音机，揿下按键，于是，谈话变得正式起来。事实上，即便闲聊，顾城的说话也分外清晰而有条理，他很善表述，而且，也能够享受其中的乐趣。多年来，想起顾城，常常会受一个悖论困扰，言语这一项身体的官能在不在累赘之列呢？我指的不是诗的语言，而是日常的传达所用，在诗之外，顾城运用语言的能力，以我所见也在他同辈的诗人之上。现在，谢烨揿下了录音键，顾城想来是习惯的，他说出的每一个字都不至遗漏，而被珍惜地收藏起来。过程中，谢烨有时会插言，提醒和补充——假如没有后来的事情，多么美好啊！但也终究不成其为故事，一日一日，一夜一夜，再瑰丽，再神奇，再特立独行，也将渐趋平淡，归于生活。就在他们讲述的时下，柏林之家的公寓里，不正进入着常态——一年计划的资助可以提供岛上房屋的用电之需。有时候，人心难免有阴暗的一面，会生出一个念头，我差一点、差一点点怀疑，顾城是不是有意要给一个惊心动魄的结局，完成传奇。这念头一露头立即被打消，太轻薄了，简直有卑鄙之嫌，谁会拿自己的，还有爱人的生命作代价！当你活着，有什么比活着更重要，这里面一定有着严肃深重的痛苦，只是我们不知道，知道的只是光辉奇幻的表面——太阳不是从东边而是从西边升起，再从东边落下；碗大的果实落了满地；毛利人；篮子里的鸡蛋；树林里的木房子，补上窟窿，拉来电线，于是从原始步入文明，再怎么着？回到野蛮，借用谢烨的说法，"奢侈"地回到野蛮！事情早已经超出了当事人的控制，按着自己的逻辑向下走……我们还是让他们安息，保持着永不为人知的哲思。用火辣辣的生命去实践的故事，或者说童话，不是哲思是什么！

有许多征兆，证明童话已经建构起来，顾城讲述得流利宛转，谢烨不断补充的细枝末节，各方汇拢来的信息基本一致，又有朋友去激流岛探望，亲眼所见……就让我们相信它吧！即使在生活中不可能将童话进行到底，至少在想象里，尤其是，童话的主人公都去了天国，领得现实的豁免权。

那天，谢烨交给我两件东西，我一直保存着，谁能想到会成为遗物呢！一件是一张50元的人民币，在1992年时候，发行不久，价值也不菲。她托我在国内买书寄她，无论什么书，只要我觉得有价值。我说不必给钱，她一定要给，两人推让几个来回，最终还是服从了她。另一件是一份短篇小说稿，手抄在32开的格子稿纸，这是一种不常见的稿纸，大小像连环画。字迹非常端正，可见出写字人的耐心，耐心背后是冗长的宁静以至于沉闷的时日，是那日头从东方升起往西方行行度去然后落下的时光吗？因为是复印稿，我相信已经发表过，依稀仿佛也在哪里看见，谢烨只是让我读读她写的小说。那时候，谢烨开始尝试写作小说，以前，她写的是诗，也是一个诗人。因为是顾城的妻子，就算不上诗人似的。

他们的故事里，有一个情节我没写，但相信一定有人写过，就是他们邂逅的经过。在北上的火车的硬座车厢，顾城是坐票，谢烨是站票，正好站在顾城身边，看他画速写消磨漫长的旅途。顾城是善画的，从星星画派中脱胎的朦胧诗人，都有美术的背景，在激流岛上，一度以画像赚取一些家用。就在那天，顾城也向我出示画作，不是素描和写生一类，而是抽象的线条，但都有具体标题，"这是谢烨，这是木耳，这是我"。他说。完全脱离了具象的线条，有些令人生畏呢，可不等到水落石出，谁能预先知道什么？火车上，他顾城画了一路，谢烨就看了一路，这还不足以让谢烨产生好奇心，令她忍俊不禁的是最后，画完了，顾城忘了将钢笔戴上笔帽，直接插进白衬衣前襟的口袋，于是，墨水洇开来，越来越大。这一个墨水渍带有隐喻性，我说过，他们的事，都是隐喻！墨水就这么洇开，一个小小的，小得不能再小，好比乐句里的动机音符，壮大起来，最后震耳欲聋，童话不就是这么开始的吗？谢烨就此与顾城搭上话，并且，第二天就按了互留的地址去找顾城。火车上偶遇互留通讯地址是常有的事，可大约只有谢烨会真的去寻找，真是好奇害死猫！这是怎样的一种性格，不放过偶然性，然后进入一生的必然。这才是诗呢，不是用笔在纸上践约，而是身体力行，向诗歌兑现诺言。那一些些诗句的字音，不过是蝉翼振动，搅起气流战栗。当谢烨决定写小说的时候，也许，就意味着诗行将结束。小说虽然也是虚拟，却是世俗的性格，它有着具象的外形。不是说诗歌与生活完全无干系，特别是朦胧诗这一派，更无法与现实划清界限，但总而言之，诗是现实世界的变体，不像小说，是显学。

关于他俩的文字太多了，有多少文字就有多少误解，包括我的在内。写得越多，误入歧途越远。我还是要庆幸事情发生在二十年前，倘若今天，传媒的空间不知繁殖多少倍，已经超过实际所有，实有的远不够填充容量，必须派生再派生。活着的人都能被掩埋，莫说死去的，不能再发声，没法解释，没法辩诬。我们只能信任时间，时间说不定能揭开真相，可什么是真相呢？也许事情根本没有真相，要有就是当事人自述的那个，时间至少能够稀释外界的喧哗，使空气平静下来，然后将人和事都纳入永恒，与一切尖锐的抵制和解。好比艾米莉·勃朗特的《呼啸山庄》，最后的段落，听故事和讲故事的那个人，走过山坡，寻找卡瑟琳和希克厉的坟墓，石楠花和钓钟柳底下的人终将安静下来。小说中还有第三个坟墓，在我们的故事里只有两个，我坚信两个人的事实。无论怎样猜测，两个人就是两个人。两个人的童话，其他都是枝节，有和无，结果都一样。我还想起巴黎南郊蒙帕纳斯公墓，萨特和西蒙·波伏瓦并列的棺椁，思想实验结束了，为之所经历的折磨也结束了，结果是成是败另说，总之，他们想过了，做过了，安息下来。墓冢就像时间推挤起的块垒，终于也会有一天，平复于大地。谬误渐渐汇入精神的涧溪，或入大海，或入江河，或打个旋儿，重回谬误，再出发，就也不是原先那一个了。

二十年过去，还有些零散的传说，已经是前朝遗韵，我从中拾起两则，将其拼接。一则是听去过的人说，那激流岛其实并不如想象中的蛮荒与隔世，相反，还很热闹，是一个旅游胜地，观光客络绎不绝；第二则说，顾城谢烨的木房子无人居住，由于人迹罕至，周边的树林越长越密。听起来，那木房子就成了个小虫子，被植物吞噬，顾城不是写过那样的句子："我们写东西，像虫子，在松果里找路。"对，就是吃虫子的松果。这样，童话就有了结尾。

在北岛终于安顿下来的香港的家中，壁上有一幅字，应该是篆体吧，写的是"鱼乐"两个字。北岛让我猜是谁的字，我猜不出，他说：顾城！想不到那软软的小身子，永远不愿长大的小身子，能写下力透纸背、金石般的笔画，一点不像他，可就是他。人们都将他想得过于纤细，近乎孱弱，事实却未必。他蜕下的那个蝉衣，也许还是一重甲，透明的表面底下，质地是坚硬的，坚硬到可以粉碎肉身。

2013 年 8 月 1 日于伦敦

沈寂与张爱玲的交往

韦　泱

作为座谈会主角的张爱玲，这天涂着口红，穿着橙黄色的绸底上装，戴着淡黄色的玳瑁眼镜，脸上始终露着微笑，可见这天她的心情之好。主持人话音一落，她便从座椅上欠了欠身，声音低低地说："欢迎批评，请不客气地赐教。"接着大家自由发言，几乎是一片赞扬声。

时下，健在的大陆作家中，见过张爱玲芳影的，已经寥寥无几。而与张爱玲早期有过多年交往者，则非沈寂先生莫属。近来在给年逾九旬高龄的沈老先生撰写年表中，断断续续听他谈及张爱玲，前后有八年之久，像打捞历史的碎片，渐渐拼接出一段他与张爱玲不算太短的文缘轶事。

康乐酒家，首次见面

康乐酒家，坐落在静安寺路上（今为南京西路北侧，原美术馆旧址），当年是一家颇为有名的高档餐馆。

1944 年 8 月 26 日下午 3 时，由《杂志》社主办，在这里举办了一次评论张爱玲及其《传奇》的座谈会，《杂志》当年九月号以《〈传奇〉集评茶话会记》为题，对座谈会作了较为详细的报道。沈寂作为"新进作家",以谷正櫆的名字,也在邀请之列。当时按姓氏笔画排列,他第一个出现在出席者名单中,接着是炎樱、南容、哲非、袁昌、陶亢德、张爱玲、尧洛川、实斋、钱公侠、谭正璧、蘇(苏)青等人。《杂志》社出席的是鲁风、吴江枫两位,《新中国报》记者朱慕松作记录。

座谈会由吴江枫主持,他的开场白简洁扼要:"此次邀请诸位,为的是本社最近出版的小说集《传奇》,销路特别好,初版在发行四天内已销光,现在预备再版,因此请各位来作一个集体的批评,同时介绍《传奇》作者张爱玲女士与诸位见面,希望各位对《传奇》一书发表意见,予以公正的与不客气的批评,在作者和出版者方面,都非常欢迎。"

作为座谈会主角的张爱玲,这天涂着口红,穿着橙黄色的绸底上装,戴着淡黄色的玳瑁眼镜,脸上始终露着微笑,可见这天她的心情之好。主持人话音一落,她便从座椅上欠了欠身,声音低低地说:"欢迎批评,请不客气地赐教。"接着大家自由发言,几乎是一片赞扬声。年方二十的谷正櫆,直言不讳地说:"在中国封建势力很强，对付这势力有三种态度，一是不能反抗，二是反抗，三是不能反抗而将这势力再压制别人。若《金锁记》里'七巧'就有以上第三种人的变态心理，受了压迫再以这种压迫压子女。"

一圈人发言下来，主持者请张爱玲"说几句"。张爱玲有点故作谦虚地说："我今天纯粹是来听话的，并不想说话，刚才听了很多意见，很满意，也很感谢。"座谈会至此结束了。柳雨生本在邀请之列，因故未到，他特地把书面发言寄给了张爱玲，即转到编辑手上，及时得以在报道中一并刊出。可见作者们对这次座谈会的重视。

这是沈寂第一次见到张爱玲。虽然彼此没有直接交谈，但在一张桌子上，算是面对面了。

登门拜访，以释前嫌

其实，正式见面前，沈寂与张爱玲常常在纸上见面。1942 年，时在复旦大学读二年级的沈寂，创作第一篇小说《子夜歌声》，在顾冷观主编的《小说月报》刊出后，一发而不可收。第二年在周瘦鹃主编的《紫罗兰》第七期上，刊发小说《黄金铺地的地方》。而这一年，张爱玲从《紫罗兰》第二期至第六期，连载小说《沉香屑》。主编周瘦鹃"深喜之，觉得风格很像英国名作家毛姆的作品"。可以说，《紫罗兰》是张爱玲最早赢得文名的刊物。同年，沈寂在柯灵主编的《万象》第九、十一、十二期上，连续发表了《盗马贼》《被玩弄者的报复》《大草泽的犷悍》三篇小说，得到柯灵的好评，在第九期《编后记》中，柯灵推荐道："这里想介绍的是《盗马贼》，细读之下，作者自有其清新的风致。沈寂先生是创作界的新人，这也是值得读者注意的。"而张爱玲的小说《连环套》，当年也在《万象》上连续。她的《心经》，还与沈寂的《盗马贼》同时刊登在九月号上。在柯灵的眼中，张爱玲与沈寂，是《万象》的重点作者，也是有发展前景的青年作家。

1943年底，在亲友们为沈寂与女友朱明哲举办完订婚宴的当晚，日本宪兵突然逮捕了沈寂。原因是沈寂的中学同学蒋礼晓侥幸出逃后，在其家的日记本上，查到沈寂的名字。四十余天的监狱生活艰苦难熬，包括上

"老虎凳"。沈寂咬牙挺住，终因没有确凿证据，于1944年2月被释放。没过几天，有人打电话给沈寂，轻声说你进过宪兵队，不宜再给《万象》投稿，以免牵连刊物和柯灵，但可转而为《杂志》写稿。果然不久，《杂志》编辑吴江枫写信给沈寂，向他约稿。沈寂寄去小说《敲梆梆的人》，吴江枫说作品即可发排，但以后要改个笔名，不能再用过去的沈寂。两人推敲一番，最后定名为谷正櫆。之后《王大少》《沙汀上》《挖龙珠》《沦落人》《大草原》等小说相继刊出。当年8月，《杂志》举办过一次笔谈专辑："我们该写什么"，作者有疏影、谭惟翰、张爱玲、谷正櫆、朱慕松、钱公侠、谭正璧等十一人。按来稿先后排序，张爱玲、谷正櫆为3、4，正巧登在同一版面上。可以说，这是他们"零距离"在一起。尽管，只是见名不见人。从《紫罗兰》《万象》到《杂志》，两人纸上见面不算少哪！

但是，在康乐酒家所见的真人第一面，沈寂并没有给张爱玲留下好印象。沈寂发言里有"变态心理"四个字，这正是张爱玲极为反感的字眼。她联想到不久前看到的迅雨（傅雷）文章《论张爱玲的小说》（刊《万象》

1944 年第十一期），也批评她的《金锁记》：曹七巧"恋爱欲也就不致抑压得那么厉害，她的心理变态，即使有，也不致病入膏肓，扯上那么多的人替她殉葬"。张爱玲进而联想到，有变态心理的作者，笔下才会出现有变态心理的人物。这谷先生与迅雨先生，可是一鼻孔出气，串通好专门找她的茬。她越想越气闷，就把这一想法悄悄与吴江枫嘀咕了一通。吴江枫听后很是吃惊，觉得事情不妙。作为《杂志》编辑，又是那次座谈会的主持人，他不希望张爱玲的情绪受到影响，如此，对《杂志》以后的编辑工作也无好处。吴江枫很快把张爱玲的想法转告了沈寂。怎么办呢？两人商量时觉得，从刊物这边说，张爱玲惹不得，她不但是《杂志》台柱子，更是上海滩当红女作家。从沈寂这边来说，一句老话说的是"好男不跟女斗"，应该消除张爱玲的误解。从吴江枫这边来说，张与沈，都是他们重要的依靠对象，只能是"和为贵"。这样，在吴江枫的建议下，决定登门解释一下为好。

一日下午，约好时间，沈寂跟随吴江枫去了赫德路195 号爱丁顿公寓（今常德路常德公寓），电梯直达六层楼。显然，吴江枫是熟门熟路，可见他是这里的常客。张爱玲乍见吴江枫带着谷先生进门，已心知肚明，笑脸相迎：何不给谷先生一个台阶下哪。张爱玲年长沈寂四岁，自然有大姐的姿态，举止落落大方，这使心里有点忐忑不安的沈寂，很快消除拘谨，言谈自如。三人东拉西扯，说说笑笑，从座谈会谈到正在喝的咖啡味道，谈到市面上的行情。前后坐了约一个来小时，丝毫不见张爱玲有什么不愉快之处。张爱玲由此晓得，谷先生常常以"沈寂"笔名发表作品，谷先生与迅雨的评论文章毫不搭界等等。作为女人，张爱玲敏感，小资，自视甚高。但她毕竟是才女，聪颖，得体，又善解人意，"到底是上海人"的张爱玲，的确"拎得清"。

在张府，沈寂见到了她的姑妈张茂渊。另外，还见到了胡兰成。虽是一瞬间，没有说上话，但证实了外界传说的张爱玲与胡兰成的关系。

不久，还有一次没有成功的"义演"，也与张爱玲有关。吴江枫想以《杂志》名义，举行一场义演，请电影导演费穆执导根据秦瘦鸥小说改编的话剧《秋海棠》。剧中角色全由《杂志》作者扮演，谭惟翰饰秋海棠，张爱玲饰罗香绮，谷正樾饰季兆雄，石琪（唐莹）饰一军阀。吴江枫说，请大家来义演，不是科班演戏，而是文人粉墨登场，这是义演真正的"卖点"。第一次召集会的地点，就在康乐酒家。大家悉数到场，张爱玲戴一副茶色眼镜，穿素色缀浅红花点的旗袍，一声不响地坐在后面。费穆给各位分配好角色，关照大家抓紧背台词后，就散会了。后来，又集中过一次，导演石挥、白文也闻听赶来。可是，张爱玲不知何故，没有到场。这次义演，未知是否因张爱玲不太热衷，最终不了了之。

1944 年 12 月，张爱玲将中篇小说《倾城之恋》改编成话剧，由朱端钧导演并首演于新光大戏院，沈寂好友舒适演范柳原，罗兰演白流苏。沈寂获知演出信息，特地买了花篮，题上祝演出成功的贺词，当天购票观戏并献上花篮。第二天，吴江枫专门来电，转达张爱玲对沈寂的谢意。

抗战胜利，仍有合作

到了 1945 年 8 月，抗战胜利。沈寂除继续创作外，还先后做过《光化日报》特约记者，到《辛报》编过"社会新闻"版，还主编《民众周刊》。后应环球出版社冯葆善先生之邀，应聘主编《幸福》月刊。又于1948年5月，接编《春秋》月刊。

抗战胜利后，社会舆论对张爱玲多有责难，皆因她与汉奸胡兰成的婚恋关系。1945年11月，曙光书店出版发行一本小册子，书名叫《文化汉奸》。书中列出柳雨生、张资平、胡兰成、苏青等十七个文化汉奸，一一给予鞭挞揭露，张爱玲也在其中，被谴为"红帮裁缝"。文中说张爱玲"爱虚荣，要出风头去，被一群汉奸文人拉下水，又跟胡兰成那种无耻之徒鬼混，将一生葬送了"！无奈之下，在大光明大戏院担任外国原版影片"译意风"（类似同声翻译）的姑妈，决意为张爱玲换个环境。这样，她们搬出爱丁顿公寓。起先迁入静安寺路梅龙镇弄内重华新村，几年后又迁往派克路（今黄河路65号）卡尔登公寓（今长江公寓）。其间，张爱玲埋头写作，从小说《华丽缘》《相见欢》，到电影《不了情》《太太万岁》。但报刊上以张爱玲署名的作品已大为减少，还时遭退稿，这大大打击了她的自尊。同时，这也意味着靠稿费生活的她，渐渐陷入困境。这些，沈寂颇能理解。本来，他是不敢轻易约张爱玲、苏青这些人稿子的。时至1948年年底，沈寂正在革新《春秋》杂志，想办得更纯文学一些，在一时稿源匮乏之下，他想到了张爱玲，不宜用真名发表创作作品，就请她翻译一些外国作品。张爱玲从圣玛丽亚女校毕业，就读过香港大学，有扎实的英文根底，又爱好外国文学，早年曾给英国《泰晤士报》和英文杂志《二十世纪》写文章，翻译对她来说轻车熟路。沈寂写信约张爱玲寄稿，很快，张爱玲寄来了一篇题目为《红》的文稿，约四千余字，没有完稿，亦没有署名。沈寂看后，觉得是对毛姆原著的改写，文字风格则是张式的。张爱玲说明道：因在创作剧本，没有全部完稿，很是抱歉云云。同时，把美国"企鹅版"毛姆小说原著附来。沈寂读的是复旦大学西洋文学系，对外国文学自然烂熟于胸。他很快根据原文译完余下的三分之一文字，文末还写上"本篇完"，编入《春秋》1948年第六期"小说"栏目，在内页《红》的题目处，沈寂请人配了题头画，中间留了空白，如何署名以及用翻译还是改写，一时未定。却因发排时间紧迫，在目录处误将吴江枫翻译毛姆作品时用的笔名"霜庐"，写在了此文下，又疏漏了在正文标题中写上作者名。这样，不看前面目录，不知作者为谁，只是此文与鲁彦的《家具出兑》，田青的《恶夜》等排在一起，给读者造成这是一篇原创小说的感觉。刊物印出，张爱玲收到样刊后，自然喜出望外，内心感激着谷先生。张爱玲改写毛姆作品未完，沈寂曾予续译救场。作者与编者的默契合作，这实在是张爱玲的一则文坛轶闻哪。

半个世纪，再续文缘

很快，迎来 5 月上海解放。沈寂因香港永华影业公司买下他的小说《盐场》《红森林》版权，并邀请他出任该公司编剧，在获得上海军管会同意后，年底携妻子赴港履新。可是，两年后的 1952 年 1 月，沈寂因公司欠职工三个月薪水，代表职工与厂方谈判未果，得罪了港方。又因参加进步团体"香港电影工作者学会"组织的爱国活动，被诬以"不受港督欢迎的人"，宣布终身驱逐出港。1952 年 4 月，沈寂回到上海，进入刚公私合营的上海电影联合制片厂。

　　而在上海的张爱玲，经主持上海文艺工作的夏衍同志提议，作为正式代表，出席了1950年7月召开的上海第一届文代会。尽管已进入新社会了，但她的思想还停留在昔日的情怀中。她是一个对政治不感兴趣的人。她度日如年。

　　亦是巧事。一日，在黄河路上开办"人间书屋"的沈寂，去对面卡尔登公寓探望一个朋友，刚进大楼，与正从电梯里走出来的张爱玲撞个"满怀"。张爱玲脱口而出："谷先生吗？"她习惯称沈寂为谷先生。"是。张小姐多年不见，你好吗？"听这一问，张爱玲显得无精打采："还是老样子，除了动动笔头，呒啥好做的。"他们有一搭没一搭地闲聊着。沈寂看得出，张爱玲的情绪十分低落。是否见到从香港来的人，把她的思绪引到了香港，因为胡兰成还在那里啊。正要告别，张爱玲说："对了，最近正好出版了一本小说，送你看看。"说着，转身上楼去取书。

　　这本书叫《十八春》。这是张爱玲第一部长篇小说，相比以往的中篇小说，《十八春》写作的时间稍长些。

她应《亦报》主编龚之方之约，答应写这部小说，以连载形式，来吸引报纸读者。小说署名"梁京"，从 1950年 3 月至第二年 2 月，全部连载完毕。《亦报》趁热打铁，请张爱玲对全书再修改润色一遍，同年 11 月以"亦报社"名义，出版单行本。接着，《亦报》又连载她的另一部小说《小艾》。

1952 年至今，六十三年过去了，沈寂一直保存着这本《十八春》。这是他与张爱玲在上海最后一面的见证。这次见面后过了大约三四个月，沈寂听说张爱玲去了香港。又听说，张爱玲满怀热望到了香港，却见胡兰成与佘爱珍（**汪伪时期特务头子吴四宝之妻**）厮混在一起，做着远走高飞去日本的准备。张爱玲甚感绝望。此时经友人推荐，张爱玲在驻港美国新闻处谋得一职，并应《今日世界》之邀，写作长篇小说《秧歌》《赤地之恋》。这两部作品明显带有对内地怨恨的反共倾向，与《十八春》《小艾》唱着另一调门。闻此，沈寂为同时代的文友深感惋惜。

时光转到 2009 年，台湾著名导演李安要执导张爱玲的《色·戒》，知道沈寂十分熟悉旧上海的一草一木，便聘请他担任影片史实顾问。又听说沈寂曾与张爱玲有过交往，高兴地说，请您任顾问是请对了，增强了我拍摄《色·戒》的信心！比如，张爱玲小说中的麻将戏，李安很重视，沈寂说那时不用塑料或木质，用的是牛骨。再比如，姨太太穿着黑披风，如何走路？沈寂说要走一字步，有一定的扭摆。影片上映一炮打响。为喜爱张爱玲作品的"张迷"们，沈寂做了默默无闻的幕后英雄，更是他续了半个世纪前与张爱玲的文缘。

我 的 三 哥

钱理群

1974 年，中美关系刚刚解冻，他立刻托人前来看望老母，我们依然一片惊慌。虽然安排母亲与来人单独见了面，却不肯在带来的录音机里留下半句母亲的祝福——海外赤子这一点微小的心愿也不敢给予满足！但我们依然赞扬母亲的明智，却根本没有想过，这会给三哥带来怎样的感受——在我们的心中，早已没有了三哥的位置。

　　三哥，你远走了整整三年，哥哥、姐姐们都写了悼念文章，贡献于你的墓前。我却始终没有写一个字——你能谅解我内心的难言之苦吗？

　　是的，我每回见到你，都不敢正视你那坦然的目光。我多么想跪倒在你的面前，说出我内心的悔恨。但我始终说不出口；不仅是因为我缺乏勇气，我没有把握，我甚至怀疑，这历史的重负，该不该由我来承担，我是否有力量承担。因此，每回在你的面前，我都欲言又止；事后却又一再地谴责自己的犹豫。直到1990年9月6日（这可诅咒的日子！）你终于远走不归时，我才猛然醒悟：我再也不能当面请求你的原谅了！从此，我将背着内心的负疚，永远不能解脱！呵，我真想如鲁迅笔下的涓生那样，仰天高呼："我愿意真有所谓鬼魂，真有所谓地狱，那么，即使在孽风怒吼之中，我也将寻觅你，当面说出我的悔恨和悲哀，祈求你的饶恕；否则，地狱的毒焰将围绕我，猛烈地烧尽我的悔恨和悲哀！"

在悼念父亲的文章里，我曾经谈过，当我十四岁时，曾面临"与反动家庭划清界限"的考验，我写到了将父亲与反革命连在一起的种种矛盾、痛苦；却回避了一个更加严峻的事实：与当时正任国民党驻旧金山领事的三哥划清界限，却并不那样艰难。在我的心目中，几乎是理所当然地把解放前即参加爱国学生运动的中国共产党党员的四哥、二姐，与曾经是蒋介石任校长的国民党中央政治大学的学生、国民党党员的三哥，划分为黑白分明的两大阵营：前者代表光明，是时代的英雄；后者象征黑暗，是人民的天敌。因此，我可以说是毫不犹豫地将三哥从我的心里逐出，甚至对他怀着一种隐隐的憎恨。而且，据我观察，不仅是我，我们几个兄弟姐妹，甚至一定程度上也包括母亲，都对三哥表现出一种冷漠，可以说是我们整个家庭将三哥逐出了。这对于正在苦苦挣扎的海外游子，自是过分的无情；而我们当时竟然觉得理所当然，就更有一种说不出的残忍。三哥却在大洋彼岸一往情深地关心着家人。1961 年他听说大陆遇到了灾荒，忧心如焚，尽管自己刚脱离外交界，生活尚无着落，仍然辗转托人，与我们联系，表示愿助一臂之力。母亲接到这一信息，当即断然拒绝。在当时的条件下，这拒绝自然是形势所迫；但我们兄弟姐妹却一致赞扬母亲的明智，暗暗抱怨三哥的多事。在极左路线统治下，我们这样的家庭早已如惊弓之鸟，不敢企求，也无法感应母子、兄弟（妹）之间的情谊，这是多么可怕的心灵的麻木与扭曲。而我们这样对三哥以怨报德，当时尚不觉什么，事后想起却不能不惊惧于自己的冷酷。三哥却爱心不变。1974 年，中美关系刚刚解冻，他立刻托人前来看望老母，我们依然一片惊慌。虽然安排母亲与来人单独见了面，却不肯在带来的录音机里留下半句母亲的祝福——海外赤子这一点微小的心愿也不敢给予满足！但我们依然赞扬母亲的明智，却根本没有想过，这会给三哥带来怎样的感受——在我们的心中，早已没有了三哥的位置。人是自私的，当自我生存安全的考虑压倒一切时，即使是人伦之情，也会置之不顾。这类人性的弱点或许可以原谅，但它所折射出的极左路线对于人的心灵，以至人性的伤害，却是不能回避的事实。——但我们有勇气正视吗？

1980 年的某一天，当我正在北大图书馆看书，突然接到通知，说三哥已经来到清华大哥的住处，要我前去相见。我真的感到了一阵惶恐：我不知道该怎样迎接这位曾经被我们家庭无情逐出的亲兄弟，我想象那将是一个十分尴尬的场面。但当我气喘吁吁地赶到时，一个颇为精干的小老头立即微笑着站起来和我握手，说："这就是小弟吧？"我也情不自禁地叫了一声："三哥！"—— 一切竟是这样的亲切而自然！但我仍然感到陌生与拘谨。直到有一天，我陪同三哥三嫂去故宫参观，正在与三嫂低声交谈，抬头一看，三哥已远远走到前面，那微微前倾的身体、急促的步履，突然使我产生了一种说不出的亲切感——我发现了钱家兄弟姐妹特有的姿势与神态！真的，就是在这一瞬间，我感到了前面走着的这个小老头成了我们钱家不可缺少的一个成员，我又有了自己的三哥！我急忙赶上前去，看他走得满头大汗，慌忙赶到售货亭给他与三嫂买来饮料，弄得自己也满头大汗，却顾不得擦拭，只一个劲儿地憨笑。后来三哥告诉我，我的这一神情也使他大为感动。几十年来人为制造的兄弟隔膜，也许正是在这一刻，才得到真正的消解；而我内心深处，却又急剧地升腾起巨大的歉疚。我多么想在三哥面前，放声一哭，将这几十年的误解、屈辱与过错，倾吐一尽。但三哥没等我开口，就诚恳地谈起了他未能对母亲尽孝、对兄弟姐妹尽责的内疚，以及因为他而使我们受到牵累的不安，一再表示要尽自己的努力对这一切作出弥补；他详尽地谈起他对兄弟姐妹以及下一代的种种安排……他谈得急促而又从容，显然一切早已积蓄在心，并经过了周密的思考。听着三哥的讲话，当年我们无情地将他逐出的情景，一幕幕浮现在眼前，愈见清晰；面对三哥以德报怨的宽阔胸襟，我连一句道歉的话也说不出口，仿佛一说出来就立刻变成了虚伪。我唯有沉默；而这沉默又使我强烈地感到自己的怯懦：我不是连说出真实的勇气都没有么？于是，每回和三哥见面，我都强烈地感受着这种精神上的局促不安；我知道这是我自己酿就的苦酒，我只有独自吞饮。后来，我又默默观察到，三哥虽然从不提及我们给予他的精神伤害，但他仍然不能掩饰他曾被家庭放逐的隐痛，而且，据我的直觉，他似乎至死也没有完全摆脱这种被放逐感——他一再强调，他所从事的商业，与钱家兄弟姐妹一样，也是一种事业，就多少透露出他自己也未必明确意识到的某种隐痛。而我觉察于此，就更感到自己对这位宽厚的兄长伤害之深，几乎无地自容……

而且，我还要受到更大的精神的惩罚。1985年，我的人生道路上又遇到了一个小小的挫折：因为我所在的北京大学不能为我一家四口人（其中我的岳父、岳母都已八十高龄）提供容身之地，我必须离开北京大学，这对我的事业发展自然是一个巨大的损害。正当我面临家庭与事业的两难选择时，三哥几乎是毫不犹豫地向我伸出了援助之手：用巨额美金在北京买了一套住所，供我一家暂住。我知道这援助的分量，我也实在需要这样的雪中送炭；但一想到当年我怎样坚决地，甚至是迫不及待地与同样处于厄境中的三哥划清界限，我又实在无法接受这份兄弟情谊。这情谊火一般地照亮了我的自私、怯懦、无情无义，燃灼着我的心！我觉得，我应该承受的，是三哥对我的谴责，给我以精神的鞭挞，我至少可以因此而获得某种心灵的平衡；然而，三哥却施给我如此的深情厚意，这对我，无异于另一种精神的鞭挞，使我的心灵永远不得安宁！但我所有这些内心感受，却无法使人理解，更无法向三哥诉说。我知道，我如果真的拒绝了，又会对他形成新的伤害，而我无论如何，不能再给他任何形式、任何理由的伤害了！我只有欣然接受了三哥的援助，却留下了无法弥补的内心隐痛……

三哥，如今，在你的灵前，我所能奉献的，只能是我的悔恨，与这颗伤痕累累的心。我知道，你有一颗宽厚的大心，在冥冥之中，早已将历史造成的人间一切恩怨化解；我却无法因此而使我的灵魂获得解脱，我要将这一切深埋在心中，直到我们再度相见！……

1993 年 11 月 23 日深夜

"二流堂" 的阿姨们

沈芸

八十年代初，北京的冬天。大街上的人都是臃肿的"蓝蚂蚁"，郁风阿姨却从来不，她常穿一袭黑色羊绒长大衣，中式的立领和中式的大盘扣，却是西式的裁剪，很别致，当年独一无二的设计。记得那个冬天，当我看见郁风阿姨从北京一片灰秃秃的胡同里走进我们家的时候，眼前一亮：气派，太帅了！

我想沈峻阿姨了，在清明节过后的一个夜里。

如果她还在，通常我们会通一个海阔天空的电话，聊我们圈子里的人和事。

有一天，我跟沈峻阿姨说："以后我想写写二流堂的太太们……"沈峻阿姨马上打断我："别以后了，快点写，否则我就看不到了。"

在她大病一场之后，她问我："你想知道死是什么样子吗？"

"太想知道了。"我说，因为在经历了我爷爷的去世后，我们爱的人离开的越来越多了。

"我告诉你，我看到了，就像是飘在一朵云彩上，悠悠地、慢慢地沉浮，然后人就渐渐走远了，很舒服，很美满，一点儿痛苦也没有。"她描述的那种感觉是那么的令人期待，没有一丝的恐惧。

我后来写的，她果然是没有看到。

聚会"动京城"

有人说，一个夏衍，一个吴祖光，一个唐瑜，有了这三个人，就足以把"二流堂"从重庆搬到北京，此言不虚。1995 年，我爷爷去世后，我们仍然住在六部口的老院里。"二流堂"的老堂主唐瑜在我们家住过一段时间，他是 party 控，在我爷爷留下的漂亮四合院的宽敞客厅里招待朋友们，唐老人开心极了，乐此不疲。他先是由我爷爷的纪念日想出题目来，继而发展到每周都要搞一次聚会。

家里的两个厨房一齐开动，我们前后院忙出忙进，跑前跑后，成了不折不扣的店小二。

那时唐老人的耳朵已经很聋了，跟他说话要写纸条，但他的感召力不减，一招呼，老朋友们纷至沓来。新婚不久的冯亦代闻讯，特地一大早打来电话，偕夫人黄宗英，主动要求参加，还带来了拌心里美萝卜和炒雪里蕻两个菜。上海的魏绍昌知道了，带着孙子也来了，我之前没见过他，很陌生，后来在我爷爷的书信里读到过。

有老朋友的日子永远是热闹的，即便是九十年代，唐瑜一家在加拿大，黄苗子、郁风夫妇在澳大利亚的时候，"二流堂"的聚会也没有停下来过，移师到胡考家了，因为他有漂亮的夫人张敏玉做主厨。

"一流人物二流堂"的聚会之所以能够"动京城"，因为来的都是响当当的一流人物。然而，有才子的地方，一定会有佳人。每一次欢声笑语更是不例外，郁风、沈峻、张家姆妈、高汾、张敏玉、吕恩、李德秀……是聚会重要的参与者。在这块大色版上，她们是最活泼、最跳跃的颜色，把整个底色都提亮了。

一度叶浅予想与戴爱莲复婚，这想法一出，胡考他们积极支持，热烈促成，有一次专门就此"议题"聚在胡考百万庄外文局宿舍的家"开会"。大家挤在胡考和张敏玉的卧室里，七嘴八舌地围着叶浅予出主意，人越聚越多，大床上已经坐不下了，不知是什么情况，话锋一转，切换到了唐瑜、李德秀家务事的频道上，耳朵聋嗓门大的唐老人和老伴争了起来。看热闹不嫌事大！有人拎着折叠椅要挤进去"观战"，沈峻阿姨看见了，马上用上海话叫道："哪能，伊拉要开批斗会呀！"

一阵哄堂大笑后，"意识流"的话题又换了，张姨开始抢话说"批斗"，戴浩在"文革"中，去开批斗会之前，还要把衬衫、裤子烫好，穿着笔挺，头发梳得光亮，准备登台。落难中，戴浩的口袋里就是只剩五毛钱，还要请人喝一瓷瓶酸奶。想当年，他对付起国民党哨兵，真是像电影里王心刚演的那样潇洒。

一场"二流堂"的聚会高潮，就是这样此起彼伏地转换着，人声鼎沸。其间，各路老朋友的近况是他们最喜欢交换的"情报"，有的是一封来信，有的是一张照片，有的是一幅配着诗的漫画。

郁风从来不柔弱

我熟悉的张姨的家，永远热闹，永远有朋友来来往往。所以，在胡考去世后，她受不了家里的冷清，拖着中风的身体，请来戴浩的太太苏曼意帮她操办了一场。那天，她拉着黄苗子的手呜呜地哭了起来："胡考，他说话不算数，讲好我俩一道走，他却先走了，把我一个人扔下……"黄苗子忙安慰她："敏玉，敏玉，不要这样，想开些，会好起来的。"

在我的印象里，郁风可是从来没有这般柔弱过，她永远的气宇轩昂，永远的先声夺人，她是人生赢家，而且是赢在起跑线上，所以，她的气场总是那么强大。

我爷爷特别关照过我，要叫郁风"阿姨"，不然她是会不高兴的。而他在书信里，五十年代叫黄苗子"苗娃"，到了八十年代改称"苗公"。其实，"二流堂"里的辈分本身就很乱，一直影响到下一辈，冯亦代尊我爷爷为"夏伯"，他称我姑姑"宁妹"。黄苗子的儿子黄东东叫我爷爷"夏公公"，黄永玉的儿女黑蛮、黑妮叫我爷爷"夏爷爷"。

黄苗子、郁风从澳洲回来，到大六部口来，我爷爷当时已经住在北京医院，那是他最后的时光了。苗子他们很清楚我爷爷的身体状况。他们在我爷爷的房间小坐了一会儿，算是来看望他。临走前，苗子伯伯突然跟我说："我们四个（他和郁风，丁聪和沈峻）想去医院看你爷爷，你去说，你爷爷会答应的，一般我的小孙女来求我事情，我都答应的。"说完，冲我狡猾地一笑。到了约好的那一天，我爷爷午睡后，早早穿好外套坐在沙发上等着了，结果，却因为郁风阿姨的原因，他们迟到了半个小时，面对苗子的埋怨，我爷爷却一笑了之。

我把这件事告诉黄东东，他反过来跟我说了另外一件事情。某天，他爸妈从外面回到家，一路上争执不休，事情不大，是因为郁风顶撞了我爷爷，苗子一直在批评她："你怎么可以当面说夏公不对呢！"她不服气："有什么不可以的，夏公都没说我不对。"可以想见，我爷爷又是一笑了之。

黄东东评价他父母是小事争吵不断，大事高度统一。在朋友圈里，大家对郁风的"任性"习以为常。胡考有一次说："郁风就是跟王昆仑、你爷爷和叶浅予最要好。"我后来理解他说的这个"最要好"，也就是"最服气""最听话"的意思。

阿姨们都是打扮自己的高手

真正让我领略到她们那一代人审美品位的人，还是郁风。

郁风阿姨,她这个人啊,处处都透着美感。他们在兴华公寓的家,布置得趣味高雅,她做过中国美术馆展览部的主任,是最懂挂画的,挂高挂低,是一门大学问。她和苗子伯伯在家里挂的都是"作品",有他们自己的,也有其他名家的,我最记得的是餐桌旁边那幅叶浅予早年间的画作,外面很少见到。

她衣着的打扮也是自己的作品,是生活的另一种语言。她是艺术家,不去追求奢侈的名牌,只讲究搭配和设计感。她是画家,对颜色敏感而有造诣,她特别会用绿色,一件穿了好多年的苹果绿朝阳格衬衫,随意配一件外搭,出席大场合最显俏丽。

八十年代初,北京的冬天。大街上的人都是臃肿的"蓝蚂蚁",郁风阿姨却从来不,她常穿一袭黑色羊绒长大衣,中式的立领和中式的大盘扣,却是西式的裁剪,很别致,当年独一无二的设计。这件黑大衣把她的高个子衬得很有型,再配上她那一头特有的蓬松束发。记得那个冬天,当我看见郁风阿姨从北京一片灰秃秃的胡同里走进我们家的时候,眼前一亮:气派,太帅了!

光会搭配还远不是着装的关键。苗子伯伯曾不止一次得意地对我说："你郁风阿姨是服装设计师，她曾经被邓颖超找去，为妇联设计出访的旗袍。"

郁风阿姨说，衣服穿得好，关键是身材。懂得美，应该是从了解自己的身材开始，会穿衣服的人都知道自己身体黄金分割的最佳位置。身材高大的郁风阿姨，喜欢穿宽松的长裙，很风格化。

阿姨们都是打扮自己的高手，每个人都有自己的形象 logo。张仃的夫人、诗人灰娃的发型，苗子伯伯说她梳的是"唐代的发髻"。

在张乐平先生的儿子阿四先生记忆中，对两位画家夫人的打扮，印象最深刻。一位是黄永玉夫人张梅溪，小巧玲珑，特别喜欢穿小掐腰。另一位是徐悲鸿夫人廖静文，修长高挑，穿了一件长款的红色毛衣外套。

长款上衣打破了固有的腰臀之间分割比例，想穿出飘逸的效果，美人要有腰。现在，这种穿法已经被韩国前总统朴槿惠发挥到极致了，但在当时还是很惊艳。而对于史东山夫人华姐妮来说，这早就是她玩剩下的，盘发加长款服一直是她标志性的装束。

相比较而言，沈峻阿姨的美感是内敛的，不太注重在穿着上。她是"家长"，最懂经。

丁聪的家乡在枫泾，他们夫妇常到上海走动，她给我指点迷津，要"住在上图，吃在上博"。

上海图书馆地处淮海路，沿线的高安路、衡山路、武康路、湖南路……我家的亲戚朋友遍布周边，满街的梧桐树，自然也是我最喜欢的地段。而吃在上博，则是他俩的独家秘笈，"那里有最好吃的扎肉"。

博物馆里有肥腻腻的五花肉，而且肯定不是台北故宫博物院里那块著名的石头。吃肉吃到博物馆，只有沈峻阿姨这样活泼的人，才会把这两件完全不搭界的事情联系在一起。她却说，能吃得到大肥肉的博物馆，不在台北的故宫博物院，而在上海博物馆，很多人都不知道那道扎肉是上博餐厅要预订的一道招牌菜。无肉不欢的枫泾人"小丁"夫妇，每次来沪必要大快朵颐，我在前几年也吃到过一次。

沈峻阿姨喜欢听好莱坞老电影的音乐，同时，她又喜欢用蓝印花布做窗帘、靠垫装饰房间。她和丁聪的家，书堆成了小山，在一摞一摞书山的夹缝中，挂着名家的画，包括黄永玉赠给沈峻的那幅《鸟是好鸟，就是话多》。后来是在丁聪伯伯住院以后，我爸爸有一次去她家时看到了，就对沈峻阿姨说："别挂了，不安全。"这些画才被摘了下来。

她家平常吃饭用的那套鱼图案的碗盘，古朴得好看，是从街上淘来的，在这一点上，她跟郁风阿姨一样很抠门，却总能花很少的钱发现美的东西。别说名牌包，就是皮包，沈峻阿姨也很少拎，现在环保时尚的布包，她早就这么拎了。拎着一个蓝布花包，去参加画展的开幕式，沈峻阿姨照样风度好得很。

沈峻阿姨永远是最开心的，即便是这个世界对她很不厚道的时候，她也是用最乐观的态度面对着一切。

美是一件很复杂的事情，并不是光漂亮那么简单。才貌的合二为一，堪称完美，其中还包括人的性格。尽管谢晋导演曾说过，女人漂不漂亮，要男人看；男人漂不漂亮，要女人看。

小时候，常听大人说，新凤霞是如何如何的漂亮，可是不幸，我见到她时，她已经是一个病人了。

胡考的儿子胡小胡回忆说，他还是十一岁男孩子的时候，已能看出女人的美丽。"秦怡阿姨真漂亮，新凤霞阿姨在一旁，一比就比下去了。"在北戴河，"廖静文阿姨住一幢阔气的别墅，年轻新寡，冷艳逼人，叫我倒吸一口凉气……我觉得廖阿姨比新凤霞阿姨更漂亮，更有气质，更高贵。我觉得她可以和秦怡阿姨相比，她们两人是我年少见过的最美的女人"。

我不懂评剧，也没见过最美丽时的新凤霞。"文革"后期，吴祖光经常带他的两个儿子到我们南竹杆胡同的家来玩，吴欢比我大十好几岁，是大哥哥，他的力气大，背着她妈妈上下楼。我们家有要出力气的活，他也过来帮忙，所以总带着我一块玩儿。我当时对吴欢说过一句"名言"："漂亮的女人是花瓶，你是花盆!"这件事，吴欢前不久还跟我提起。

"玩"是贯穿始终的主题

说起来，我反倒是跟吕恩阿姨更熟悉，更亲近，她叫我爷爷"干爸爸"，叫我奶奶"夏妈妈"，虽然她说，"后来有了新凤霞，我就退出了"，可是称呼一直没变。

前面说到，叶浅予曾有跟戴爱莲复婚的打算，我爷爷积极赞同，并说要当他们的证婚人。我爷爷做过很多次"二流堂"成员的证婚人，1944年，他当过黄苗子、郁风的证婚人；1946年，当过吴祖光、吕恩的证婚人；1952年，还在上海做过张骏祥、周小燕的证婚人。

但是，有个性的戴爱莲不接茬也不作声。在戴爱莲的眼里，叶浅予跟朋友在一起有很多话说，跟她在一起没什么话可说。这与吕恩描述的她跟吴祖光的婚姻是一样的，"跟他，人多的时候我们两个很好，如果只有我们两个人呢就不怎么样了，就又没有那么如胶似漆。我们分开了很好，写信很好，在一起就不是那么完美的"。这大概就是通常所说的"性格不合"。

平时看着大大咧咧的吕恩，她的个性很强，她并不十分看重做"吴太太"。"我们分手主要是生活习惯不同。我这个人脾气挺怪的，他后来越来越红，名气越来越大。和现在的演员不同，我那个时候不想靠着导演上去。我要上去，要靠我自己的演技、靠自己本事上去，不能靠丈夫的关系上去。他越是红，我就越不习惯叫我'吴太太'，我不知道是叫我，香港那个地方喜欢这样称呼，而我喜欢人家叫我'吕恩'。"

吕恩阿姨的性格很年轻，很好玩，在她讲述的四十年代重庆和香港的生活细节里，"玩"是贯穿始终的主题，但是反过来，她会批评吴祖光好玩。她跟我说："吴祖光拍戏吧，不跟我谈剧本，也不跟我说角色，自己却跑出去吃馄饨了，所以我管他叫'馄饨导演'。"其实，她自己也差不多，只不过俩人的玩法不同，一个京派，一个海派，"有一次我们三个人（吴祖光、丁聪、吕恩）看麒麟童的戏，看着看着我就睡着了。他就说：'对牛弹琴！'我就说：'下次别带我去看了，带我跳舞去。'这样，我们时间长了就不行"。

她讲跟我爷爷的第一次见面，其过程无怪乎就是当年的一个懵懂女孩子见到了一位她崇拜的大作家，讲到最后，重点落在了我爷爷请她吃了一个大西瓜，"又甜，水又多，真好吃"。

热衷于自己的"小乐胃"

就是这样可爱天真的性格，让我爷爷很信任她，派她成功地做了一次秘密"交通员"。"1948年中秋前后……我要走的头一天晚上，夏衍来找我。过去他每次来都是找吴祖光，谈他们的事，他一来，我就走到一边去。所以，这次，我一看他来了就又要走开。夏衍马上说，'吕恩，今天你别走，这次我找你有事。'那时从香港到北京，要先坐霸王号飞机到上海，停一晚上，然后再去北京。

"他说：你在上海住一晚上，替我办四件事：

"1. 先去找于伶，把他约出来，要他转告阳翰笙，赶紧离开上海，到香港来；

"2. 告诉陈白尘，要他隐蔽起来，这个你可以去通知；

"3. 叫刘厚生等四个人，赶紧到苏北解放区，找什么人联系；

"4. 带一封信给王苹，这封信是已经到了解放区的宋之的写给妻子王苹的，先到了夏衍手里……

"一个多月后，我回到香港，夏衍拍拍我，说：'吕恩，干得不错！'我说：'干爸，奇怪，怎么不要白杨干，她比我心细。'夏衍说：'你糊涂，胆大。'他真教我怎么做。去上海前，他说带那些东西，不要让海关的人查，宁愿多送钱，不要患得患失。一封信我藏在内衣里面。他说以后还让我干。"（李辉《吕恩：我和吴祖光》）

这件事，她对我讲过几次，自己也写过。之后，还有一次是派她和郁风去做张大千的统战工作，没有成功，有照片和张大千送给她们俩的画作为证。因此，我爷爷在 1985 年 6 月，为吕恩的革命工龄写证明材料，证明她从 1943 年开始参加中国艺术剧社中华剧艺社，1948 年去香港在永华影片公司做演员，以及到解放前夕这一段，都是在夏衍的安排下为党工作。

其实，吕恩阿姨一直过着风轻云淡的日子，她热衷于自己的"小乐胃"。到了"人艺"以后，并不仗着自己的老资历和"干爸爸"的硬关系抢角色、争头牌。这样的好性格，使她躲过了后来的很多祸事，也保持住了一张漂亮的脸。

四十年代，从重庆到香港，跟着我爷爷和"二流堂"在一起的这段时间，是吕恩人生中的黄金时代，她保留了很多这一时期的珍贵照片，有大量的剧照和与"二流堂"的合影。

她在里面最美，我一边看，她一边给我讲，直到看见一张她烫着卷发，戴着墨镜，站在我爷爷他们一群人的中间，惊叹：哇，大美人！望着我瞠目结舌的表情，吕恩阿姨不好意思了，很腼腆地说："那时候，我不是在做电影明星嘛。"说这话时，她脸上干净得紧，一丝表演欲也没有。

她跟我们家一直走动，没有间断过。在五六十年代，我爷爷当文化部副部长，那是他最忙碌的时候，也是最谨慎的时候，尤其是在潘汉年事件之后，他已经不可能跟"二流堂"像在重庆时那样随便说笑了，"干爸爸回家后，进了院子就直接进自己的房间去了，没时间跟我们多说话，打个招呼，我就去另一排房间陪你奶奶，她很寂寞呀，现在很多人都说你爷爷，却很少说到你奶奶，夏妈妈是很不容易的"。

吕恩阿姨是舞台上的演员，却不是生活中的表演家。

"这个以前从来没有过的感觉就是：我会早于他（指黄苗子）离开这个世界！再精彩的演出也有谢幕的时候！大概是快到了谢幕的时候了，我不能想象这个家没有了我会是什么样子。一切都会习惯的。"这是2006年5月，郁风写给她四妹郁晓民的信。

"二流堂"的大幕早已落下，对于我来说，斑驳的回忆是最美好的，写下来的是绕梁的余音。

家父沈醉与杜聿明的"手足"情

沈美娟

杜聿明在工作中对父亲的帮助也很大。一次，管理人员要他们给大伙缝制一批内裤。父亲觉得反正是给战犯们穿的，缝制时比较马虎。杜聿明发现后对父亲说，成功靠的就是"认真"二字。他劝我父亲一定要改掉马马虎虎的毛病，而且他自己身体力行，在剪裁时，先用尺子认真仔细地量，再用旧报纸剪成纸样，然后才动手剪裁布料。一旦发现父亲缝制的衣物不合格，他就坚持让他返工。

　　杜聿明伯伯年长我父亲沈醉十岁。新中国成立前父亲与杜聿明并不太熟，只交往过两次。因为杜聿明当时位高权重，我父亲对他只有敬畏，谈不上什么友情。新中国成立后，在战犯管理所里，杜聿明不仅成了我父亲的良师益友，而且彼此情同手足。

父亲没想到，当年那个对蒋介石忠心耿耿而且赫赫有名的杜聿明会说出这么一番对共产党感恩戴德的话

　　1949 年，父亲沈醉在云南参加了云南省主席卢汉领导的起义，但后来阴差阳错地被当成战犯关了起来。当时父亲的抵触情绪很大，心里很不服气。经过几年的学习改造，他认识到自己过去的罪恶，觉得"起义"一事

与自己过去的罪恶比起来根本算不上什么。但当时他的思想上又背上了另一个包袱，他觉得自己过去反共反人民，现在落到共产党手里，不被枪毙已是万幸，学习、改造得好坏与否，都弥补不了以往的罪过，所以总是抱着得过且过的思想。

1957年秋，父亲从重庆战犯管理所被转送到北京功德林监狱的战犯改造所。到达监狱的当天，已经是深夜。第二天一早起床后，父亲发现这里有很多熟人，彼此见面也都很高兴，因为大家毕竟都活着，而且又聚在了一起。早饭时，父亲听见对面房间里传来了老熟人、原国民党四川省主席兼保安司令王隆基的声音，连忙跑了过去，一进门就看见王隆基和比自己先从重庆来此的徐远举、宋希濂三人正在聊天。四个人相见都很高兴，谈起重庆别后的情况。说话间，父亲瞅见房间内放着一个床铺大的石膏模型，模型内躺着一个戴深度近视眼镜的人。他定睛一看，不由大吃一惊——此人竟然是传闻已经被枪决了的杜聿明！1952年，父亲在重庆战犯所看到过一个小册子，上面说：杜聿明在淮海战役中，因下令施放毒气，使许多解放军指战员受害。杜被俘后，应全体官兵的要求，将他枪毙了。没想到他竟然还活着，父亲心里有说不出的高兴。不过看到杜聿明躺在石膏模里，父亲心里又很不是滋味，以为这是战犯所在用刑具惩罚他。

有一天，父亲见室内只有王隆基等几个从重庆过来的老熟人，便悄悄地问他们："你们说，在北京好，还是在重庆好？"他们都说在北京好，因为这里的管理干部政策水平高。父亲便指着杜聿明睡的石膏模型说："那这是什么意思？"杜聿明听后，哈哈大笑："这是给我治脊椎病的呀！我患了脊椎结核后，脊椎变形了，管理所特意为我定制了这个石膏模，用来矫正我的脊椎。"杜聿明的回答出乎父亲的意料。后来，杜聿明又告诉父亲，他在淮海战役中担任徐州"剿总"中将副司令时，毛泽东曾经发表过一篇《敦促杜聿明等投降书》。但他一直负隅顽抗，直到失败被俘。淮海战役他输掉了国民党几十万的精锐部队，自觉对不起蒋介石的信任，没脸再活下去了，曾用手枪对着自己的脑袋准备自杀，结果被部下把枪夺走。后来他又用砖头猛击自己的脑袋，昏过去之后，被解放军的军医抢救过来。他知道自杀已不可能，就决定换种方式达到目的。他知道自己当时患了三种严重的疾病，肺结核、肾结核和胃溃疡，但他从不向医生说自己的病情，一心希望早死。可是，监狱给他们体检时发现了他的这三种病，积极给他治疗。管理人员在他洗澡时，发现他的脊椎是 S 形的，臀部一边大一边小，腿也是一长一短，腰也挺不起来，就强行带他去医院检查，发现他还患有脊椎结核。为了给他治病，医院专门给他定做了一副石膏模型来矫正他的脊椎，还通过香港、澳门等地进口一些治疗结核病的链霉素、雷米封等特效药，为他和其他患有结核病的战犯治病。为了提高他们的身体素质，每天还特别供应他们鲜牛奶。杜聿明说他在这个石膏模型里已经躺三年了。他激动地对父亲说："共产党真是我的再生父母啊！"

父亲没想到，当年那个对蒋介石忠心耿耿而且赫赫有名的杜聿明会说出这么一番对共产党感恩戴德的话，心里颇有感触，相比之下，他觉得自己比这位老大哥在思想改造方面确实落后了不少，应该好好地向他学习。

自告奋勇当上缝纫组组长

不久，战犯管理所按照中央制定的"思想改造和劳动改造相结合"的改造政策，成立了缝纫、理发、补鞋、洗衣等十来个小组，要求每个人都要参加一项力所能及的体力劳动，并让大家自愿报名。父亲报名参加了缝纫组，没想到因为身体状况差可以免于参加体力劳动的杜聿明也报名参加了缝纫组。缝纫组成立那天，管理人员让大家推选组长和副组长，当时十几个人都沉默不语，因为这些过去位高权重的军政人员谁也没有干过这种活。管理人员便提示说"哪个过去懂一点相关知识的，就可以报名当组长和副组长"。他的话音刚落，杜聿明就站了起来，自告奋勇当组长。他说自己当年率领机械化部队时，为了制作部队的服装和武器外罩，同时也为了解决军官家属的就业问题，曾经办过一个缝纫厂，所以懂得一些缝纫技术和缝纫机的维修。父亲一听，也立即报名当了副组长，协助杜聿明工作。因为我家从前也有一台缝纫机，父亲曾好奇地摆弄过。

缝纫组最初只有两台缝纫机，父亲和杜聿明各用一台，其他人则做铺棉花、拆旧衣、钉扣子等活。父亲在杜聿明的耐心指导下，边学边干，很快就能熟练地使用和检修缝纫机了。最初，缝纫组里活不多，不过是帮大家补补旧衣裤而已。父亲和杜聿明不管有没有活，在下午的劳动时间里，都会待在缝纫室里。那时，室内往往只有他们两人，他们一起谈过去、谈学习、谈思想，也谈未来。杜聿明告诉父亲，他现在之所以对共产党心悦诚服，不是因为共产党花很大的代价为他治好了病，而是共产党的所作所为让他认识到共产党的伟大和光明磊落。有一次，战犯所让他们写历史资料，他以为是让交代过去的罪恶，所以只写了抗战前在大别山阻击红军和抗战后在东北、淮海战役中对抗人民解放军的罪行，根本没有提到打败日军的昆仑关战役及率远征军出国抗日的历史。没想到，材料交上去之后，负责史料收集的管理人员找他谈话说："抗战是中华民族生死存亡的战争，国民党参加抗战在历史上是不可缺少的一页。你当年在昆仑关打了那么大的胜仗，消灭了日军的一个旅团，后来又率领远征军去缅甸配合英军抗击日军。这些历史你都应该认真地写出来啊，不能光是交代罪行嘛！"

父亲知道，昆仑关战役中，杜聿明率领的第五军在昆仑关与号称"钢军"的日军板垣征四郎所部第五师团十二旅团血战了十二天，消灭了日军四千多人，击毙了旅团长、日本著名的军事将才中村正玄的两个联队长，获得了全面的胜利。当然，第五军也损失惨重。这是杜聿明一生中最为自豪、最值得纪念、最无法忘怀的一件大事。没想到共产党并没有忘记他为国家所做的贡献。

杜聿明在工作中对父亲的帮助也很大。一次，管理人员要他们给大伙缝制一批内裤。父亲觉得反正是给战犯们穿的，缝制时比较马虎。杜聿明发现后对父亲说，成功靠的就是"认真"二字。他劝我父亲一定要改掉马马虎虎的毛病，而且他自己身体力行，在剪裁时，先用尺子认真仔细地量，再用旧报纸剪成纸样，然后才动手剪裁布料。一旦发现父亲缝制的衣物不合格，他就坚持让他返工。父亲有些不服气，但最终还是拗不过他。

还有一次，同室的一个伙伴写了一首《咏虞美人花》："往来篱下托终身，徒负人间最艳名。今日西风萧瑟甚，满怀清泪暗中倾。"以此表达自己寄人篱下的不满情绪。他拿给父亲看，让我父亲跟他和一首。父亲开始还带点劝慰地写了两句："今日篱边沾雨露，明日阶下沐恩光。"对方很不高兴，说父亲教条主义。父亲为了迎合他，就另写了四句："项羽当年发浩歌，虞兮虞兮奈若何？美人死后名花在，不似当年健壮多。"对方这才勉强点头。后来，两人都把自己的诗贴到自办的墙报上，没想到却遭到同伴的批判。杜聿明当时就找我父亲谈话说："你明知他的诗中有不满情绪，为什么还要去附和他？你太不讲原则了。"

父亲不服气地说："我是应他之请才写的嘛。你说朋友和原则哪个重要？"

杜聿明拍了我父亲一巴掌，说道："你真是是非不分。朋友犯错误不去帮助他，反而附和他，只能加大他的错误，这是对不起朋友的事。你以为你这样做是讲交情、够朋友？你这是害人害己！"父亲还是不服气，他就耐心地开导，并劝父亲要多看报纸、文件，多领会党的政策，只有这样才能消除不满情绪，做到真正地改过自新。

1959年年底，政府特赦了第一批"改造已满十年"的战犯，其中有杜聿明、宋希濂等十人。特赦名单宣布后，父亲见自己不在特赦之列，情绪有些低落。杜聿明关切地对他说："你不能泄气，也没有理由泄气。既然有第一批，就肯定会有第二批、第三批。你今天还不符合特赦的标准，就好好争取嘛。"

父亲有些抵触地说："我是不符合特赦标准，我当然比不上你！"

杜聿明笑道："老弟，你还不满十年嘛！"

父亲才发现，自己确实还差几个月才改造够十年。事情果然像杜聿明说的那样，第二年，也就是1960年底，父亲第二批被特赦了。

杜伯母管我父亲叫"表弟"，
让她的女儿叫我父亲"舅舅"

1961年年初，杜聿明等第一批特赦人员根据周恩来总理的指示，先在京郊的红星公社劳动一年，适应一下铁窗外的生活，然后被安排到全国政协任文史资料研究委员会文史专员。当时，给杜聿明、宋希濂等人分配的住房就在北京东四箭厂胡同内的一个四合院里。杜聿明住在东屋，宋希濂住在西屋，政协委员唐生明一家住在正北屋。这里的人都是父亲的老朋友，所以，当时尚在红星公社劳动的父亲常常会在星期天休息回城时，前去看望杜聿明、宋希濂等人，有事也会和他们商量，因为他们毕竟早出来一年，许多情况比他熟悉。

一天，父亲突然接到我在香港的母亲通过最高人民法院转来的一封信。母亲告诉父亲，1953年，台湾"中央通讯社"曾发过一个消息，说父亲已经被共产党镇压了，台北的"忠烈祠"里增设了父亲的牌位，所有的人都以为父亲不在人世了。可是，前不久她在香港的报纸上看到第二批特赦战犯名单中有"沈醉"这个名字，这才知道他还活着。母亲在信中交代了家里的情况：老母亲已于1953年在台湾去世，大女儿燕燕也在长沙病故了，最小的女儿老五（也就是我）寄养在长沙的亲戚家里，其他四个孩子都在台湾大哥家……

之前，父亲曾托过不少熟人和香港报社的朋友打听母亲的下落，但一直没有结果。此时突然接到我母亲的来信，他既喜出望外，又伤心难过。喜的是最小的女儿现在湖南长沙上初中，很快就可以见到；悲的是老母和大女儿已经去世，妻子和其他孩子都不在大陆，不知何日才能相见。

父亲特意跑到城里，把这一悲一喜的消息告诉了杜聿明等老友，问他们下一步该怎么办。杜聿明建议父亲马上向有关领导人汇报，请上级安排父亲和我见面。父亲立即按他的建议去找了北京市统战部和民政局的领导。不久，领导答复说，等放暑假时，便安排我到北京去见父亲。

杜聿明听到这个消息非常高兴，说等我到北京时一定要我去他家玩玩。他知道我们父女分别时我不过三四岁，再见面时彼此可能不认识了。他告诉父亲一个相认的办法，就是做一套衣服寄给我让我穿上，他去车站接我时就不会搞错了。父亲不知道我穿多大的尺码，加上也没什么钱，便把自己的一件蓝白相间的条纹睡衣改成上衣寄到长沙，让我见他时穿上。暑假我到北京时，父亲就是凭着这件上衣认出了我。

我到北京的第二天，父亲就领着我去见了杜聿明伯伯。去杜家之前，父亲告诉我说，我们去见的人就是大名鼎鼎的杜聿明。当时我还是个傻乎乎的小女生，对历史和政治上的事一窍不通，但我看过《毛泽东选集》里的《敦促杜聿明等投降书》，所以一见杜聿明，我脱口而出："杜伯伯，你最不听毛主席的话了，他让你投降，你也不投降……"我的话还没有说完，父亲急忙制止我说："小孩子莫乱讲话！"

杜伯伯哈哈大笑对我父亲说："这正是小孩子天真可爱的地方，想说什么就说什么，一点没有假。"说到这里，他转过脸对我说："我过去的确是最不听毛主席的话了，可现在我是最听毛主席的话了。"

这次见面杜伯伯很高兴，不但拿出不知谁送他的巧克力招待我，还答应过两天借台照相机，陪我们一起出去玩玩，为我们父女多拍几张合影，好寄给我的母亲。

两天后杜聿明伯伯果然借来了一台照相机，陪我们父女在天安门、北海公园等地拍了不少照片。我至今还留有几张杜伯伯为我们父女照的合影。遗憾的是，当时我们都没有想到跟杜伯伯一起合影……

1962年，父亲在红星公社劳动一年后，被安排到全国政协文史资料研究委员会专员室任文史专员，又与杜聿明成了一个办公室的同事，两人关系更密切了。不久，在周恩来总理的关怀下，我也从长沙来到了北京，被安排到女六中读高中。

1963年6月，杜夫人曹秀清为了与杜聿明团聚，特意从美国绕道日内瓦、苏联回到北京。在所有的专员中，曹秀清与父亲算是最熟的了，所以杜聿明常邀父亲去他家吃杜夫人做的西北面食饸饹。1965年5月，杜夫人因服错药，昏迷不醒，在医院抢救了三个多小时，杜聿明急得又哭又叫，父亲就一直守在杜聿明身边，不停地安慰他。杜夫人被抢救过来后，杜聿明已经累得连眼睛都睁不开了。杜夫人年迈体弱，医院害怕她随时可能发生意外，便要家属陪护。父亲决定留下来，让杜聿明先回家休息。他俩商量好，白天由父亲在医院守着，夜里杜聿明来接班。因为那时我正处于高考的紧张阶段，父亲担心我吃不好睡不好，所以每天都是早早起床，为我准备好早点再去医院；中午我骑车去政协机关食堂吃午饭，下午五六点杜聿明接班后，父亲又匆匆赶回家给我做饭。这样的生活持续了半个多月。后来父亲告诉我说，因为他每天都守在杜伯母身边，医生便问杜伯母我父亲是她什么人。杜伯母认真地说："他是我的表弟。"

她还让父亲叫她表姐，不许再叫她杜大嫂。她的大女儿杜致礼回国来探望她时，也管我父亲叫"舅舅"。

"祖国的分裂、数以千万人的死亡、海峡两岸骨肉分离不能团聚……这一切我们都是要负责任的"

1966 年"文革"开始不久，父亲第二次被关进秦城监狱，五年之间音信全无。我当时已经去了宁夏建设兵团，跟父亲结婚不到三年的继母被造反派赶出了原来居住的大院，搬进了杜聿明住的大院里一个由汽车间改成的小房间内。当时许多人都躲着我继母，生怕沾上嫌疑对自己不利，只有杜聿明夫妇依然像过去一样待她，不仅在言语上安慰她，还在生活上照顾她。

"文革"结束后，杜聿明当选为政协常委和第五届人大代表。他激动地对我父亲说："祖国和人民给我这么高的荣誉，我一定要尽余年为祖国和人民做一些有益的事，以此来报答这种深恩厚德。"实际上，杜聿明从1960 年开始就在做对台的工作（"文革"中除外），逢年过节，他都会通过广播或香港的报纸，呼吁、劝说台湾的亲友与旧部，希望他们为祖国的统一大业而努力。

1980年，父亲带我去香港探亲，临走前，我们去杜家辞行。杜聿明拉着父亲的手语重心长地说："我们当中你是第一个外出探亲访友的，你应当做出个榜样，一举一动都要体现党的政策，不要忘记我们常常说的，要保持晚节……"

我们父女从香港回来后，杜聿明已经因为肾衰竭住进了医院。父亲赶去探望，因为杜伯伯刚动过手术，医生不让见。一个星期后，杜伯母打电话给我父亲，说杜聿明可以见客了，父亲又连忙赶去。杜聿明一见我父亲就抱住他说："我从《参考消息》上看到你回来的消息，我知道你会来看我，但医生直到今天才让我见客。你是第一个来看我的。"接着他问了父亲在香港时的情况，当得知台湾当局不准我弟弟来香港探望时，便急切地让父亲帮他写一篇文章投给香港的报刊发表。父亲劝他病好了再写，他却严肃地说："我要写的是关于祖国统一的问题，你能不帮我写吗？"停顿片刻，他突然含泪激动地说："老弟，祖国的分裂、数以千万人的死亡、海峡两岸骨肉分离不能团聚……这一切我们都是要负责任的。我想告诉台湾的一些老长官、老同事和旧部，大家要共同努力，要在我们这一代人手中完成祖国的统一大业，否则历史将要谴责我们，后人也不会原谅我们。要立即动手，再拖下去，就更对不起人民了！"

父亲听了也很感动，问杜聿明用什么题目，杜聿明说："就用《祖国统一大业，一定要在我们这一代手中完成》。"父亲答应马上动手帮他写。遗憾的是，父亲回家没几天，因心脏病复发被送进了医院，在医院治疗了二十多天。出院后，正当他打算去医院看望杜聿明时，却传来杜聿明因换肾引起排异反应已经去世的消息，我父亲当时就昏倒了……

编后记

在出版界和报业从事编辑工作多年，每天的阅读中，有许多意境阔远、独抒性灵的文章跳脱出来，却往往由于不符合图书选题或报刊版面的需要而最终割爱，殊为遗憾。最近这些年我所供职的《作家文摘》是一份内涵丰富、偏重文史的文化类报纸，拥有一支视野开阔、眼格精准的编辑队伍，茶余饭后的研谈中深感一些有嚼头的选题有必要进一步地深化或拓展，慢慢构思出一本内容偏重轻历史的杂志书雏形，意欲采用连续出版物的形式，在大部头的图书与快节奏的报刊之间取"中"，融合报刊的轻便丰富和书籍的系统深入，既不会使读者产生需要正襟危坐啃读长篇出版物的畏惧心理，又不会觉得不够有料，因浅尝辄止而怅然若失。

为了体现一种对高迈深远文字的追求与向往，这本连续出版物取名《语之可》，书名受启发于孔子所言"中人以上，可以语上也；中人以下，不可以语上也"。书的定名颇费踌躇，曾有《语可》《语上》之名，最后定名于《语之可》，是觉得这样语感更富于变化，语义也更丰富。特邀北京大学著名教授赵白生翻译成英文，赵教授初译"Beyond Words"，已觉极佳，不想他又颇费思量地译作"Proper Words"，我觉得这两个都是言近旨远，很棒地表达了我们所想表达的意味。

　　具体的选稿约稿，我们希望能够秉持一种独立纯粹的阅读趣味，在浩如烟海的文字中发现、邀约、筛选、整理那些兼具史料性、思想性、文学性的历史文化大散文。这些作品应该既有学者的深邃，旨要高迈、洋溢着天赋和洞见，又有文人的高格，灵动优美、感动人心，能够以最有价值最具力量的文字，剑指"文史之旨趣，家国之气象"。其余，英雄不问来路，无论作者声名，无论是否原发。

　　《语之可》原计划每季度推出一辑，每辑三册，每册6万到8万字，5到10篇文章，文章长短数千字至一两万字不等。每册所收文章内容旨趣相近，围绕一个画龙点睛的分册主题。每册都配有一组绚丽多姿的文艺插图，附有背景介绍和衍生的艺术史知识，构成一个微型的纸上主题画展，以期与内文的气质一脉相承，珠联璧合。装帧上我们希望这本书精巧易携、简静大气。

一位作家曾感慨：编辑是一群无声、无名的人，他们的一生像一块巨大冰岩，慢慢在燥热的世间溶化。这是个纸质出版从田园牧歌步入挽歌的时代，几个有点理想、有点激情又有点纠结、有点随性的编辑，究竟能做点什么呢？要不要做点什么呢？始终难忘讲述一群辞典编辑日常的日本小说《编舟记》，书中这样解释事业的"业"字：是指职业和工作，但也能从中感受到更深的含义，或许接近"天命"之意。如以烹饪调理为业的人，即是无法克制烹调热情的人，通过烹饪佳肴给众人的胃和心带来满足。每一个从业者，都是背负着如此命运、被上天选中的人。也许，我们这些以编辑为志业的人就是一群无法克制编辑热情的人，能够为读者呈奉出几本可资信赖的读物正是上苍给我们的机遇。一事精致，便可动人。很多英伦品牌历经数百年沉淀，淬炼出一种经久不衰的高尚风范，每件单品都仿佛在唤回一个逝去的优雅世界。纸质读本也是一种历久弥新的单品，以其可触可感，有热度、见性情的朴素温暖着人们的情感与记忆。在这个高速运转、速生速朽的时代，我们唯愿葆有初心，以真诚，以纯粹，分享打动内心的文字，也期盼这文字的辉光映亮更多的人。

虽然沉潜思量多年，就本书的出版而言，由于主观的懒散及客观的冗务，却是各种拖延蹉跎，只是在工作之余零敲碎打，有一搭无一搭。直到2017年年初，《语之可》第一辑《可惜风流总闲却》《英雄一去豪华尽》《也无风雨也无晴》才面世。此后的出版仍难脱我们的散漫风格，并不能严格按照原计划的每季度一辑的时间推出，第二辑《谁悲关山失路人》《白云千载空悠悠》《频倚阑干不自由》至7月才出版。好在图书出版后读者给予了热情的支持与期待，许多作者也表现出毫不计较的信任，我们感念之余深受鼓舞，决心使《语之可》坚守下去并日臻美好。

或是眼高手低，或是现实所羁，粗疏不足在所难免，敬请各位方家指正，更望多赐良作。

张亚丽

2017 年秋

图书在版编目（CIP）数据

语之可．09，嗟漫载当日风流 / 张亚丽 主编．--
北京：作家出版社，2017.10
ISBN 978-7-5063-9750-6

Ⅰ.①语… Ⅱ.①张… Ⅲ.①散文集-中国-当代
Ⅳ.①I267

中国版本图书馆CIP数据核字（2017）第260252号

语之可09：嗟漫载当日风流

主　　编：张亚丽
责任编辑：杨兵兵
特约编辑：姬小琴
装帧设计：于文妍
出版发行：作家出版社
社　　址：北京农展馆南里10号　　邮　　编：100125
电话传真：86-10-65930756（出版发行部）
　　　　　86-10-65004079（总编室）
　　　　　86-10-65015116（邮购部）
E-mail:zuojia@zuojia.net.cn
http://www.haozuojia.com（作家在线）
印　　刷：中煤（北京）印务有限公司
成品尺寸：120×190
字　　数：108千
印　　张：7.75
版　　次：2017年10月第1版
印　　次：2017年10月第1次印刷
ISBN　978-7-5063-9750-6
定　　价：39.00元（精）

语之可

以文艺美浸润身心

用思想力澄明未来

作家文摘　　語可書坊

投稿邮箱：yukeshufang@163.com